CRICRI

Alice Dona

CRICRI

Edition Anne Carrière

Du même auteur :

La Vie à l'envers, Michel Lafon, 1987.

ISBN : 2-84337-290-9

www.anne-carriere.fr

A Marie-Claude et Gérard Baldo.
A Annick.
A Gérard Pavard.

A tous les éducateurs
A tous les papas, mamans.

Les enfants ne se ressemblent pas
Quand l'amour vient leur donner la vie
Mais la vie ne ressemble qu'à toi
Cricri...

Si le temps ne t'a pas donné ta chance
Si les années sans toi ont grandi
Il nous reste ton éternelle enfance
Cricri...

« Cricri », album *Couleurs de l'ombre.*

Prologue

Depuis 1955, année de la naissance de ma sœur Christiane, j'ai ouvert les yeux sur un univers jusqu'alors inconnu pour moi : celui de la trisomie 21, plus communément appelée alors « mongolisme ».

Nous avons tous, un jour ou l'autre, entendu au cours d'un chahut de gamins fuser cette expression volontairement pesée, choisie pour faire mal à l'un et rire les autres : « Espèce de Mongol ! » L'insulte suprême qui indique à l'intéressé qu'on le compare volontiers à un attardé mental.

Mongol ? C'est ainsi que l'on nomme ceux qui vivent en Mongolie, un Etat de l'Asie centrale. De taille moyenne, généralement bruns aux yeux noirs, ils ont le teint mat tirant sur le jaune et les yeux en amande. Un curieux mélange venu de Chine et de Russie.

A ne pas confondre avec ces enfants « mongoliens » et qui n'ont en commun avec les précédents que les yeux en amande et un repli cutané interne des paupières. Lesdits mongoliens se caractérisent cliniquement par un déficit intellectuel associé à des modifications morphologiques particulières : taille au-dessous de la normale, membres courts, faciès aplati.

Ces derniers ont été appelés « trisomiques 21 » en 1959, année de la découverte par le Pr Jérôme Lejeune d'un chromosome en surnombre sur la vingt et unième paire, spécifique chez ces enfants-là.

Mais ces constatations ne sont que le froid reflet de la définition qu'en font les dictionnaires !

Après plus de quarante ans de proximité dans cet univers de la trisomie 21, je me suis demandé si ce chromosome de trop ne serait pas plutôt un chromosome de plus ? Je parle de cette microscopique partie supplémentaire qui fait ces êtres au visage si reconnaissable, que leur lenteur d'évolution et leurs difficultés d'expression orale ont trop vite rangés dans la catégorie des « attardés mentaux ».

Or en côtoyant ces « attardés »-là, d'abord par la force des choses, ensuite par un besoin inhérent de curiosité personnelle, j'ai pu observer, au fil des années, qu'apparemment le temps a peu d'emprise sur eux. Leur peau, notamment, demeurée si douce, comme un défi à l'inexorable vieillissement cutané qui, tôt ou tard, nous échoit à nous, êtres dits « normaux ». Et cette vague de pureté et de fraîcheur d'âme qui ne peut que vous submerger ! Et qui manque si cruellement à ceux que l'on dit « ordinaires ».

Comme de petits adultes qui seraient restés à jamais de grands enfants.

Chez certains trisomiques, la difficulté à communiquer se manifeste par un besoin compensatoire démesuré de tendresse. Bisous, câlins, caresses, rien n'est jamais trop.

Chez d'autres, que l'on qualifie un peu hâtivement de « gravement atteints », on constate des manifestations plus sonores, borborygmes, cris, voire hurlements. Rien ne sera épargné pour solliciter un semblant d'attention de votre part.

Deux exemples d'expressions ostentatoires trop souvent perçus, par nous autres pauvres « normaux », comme une agressivité douteuse ou un signe évident de démence.

C'est ainsi que l'on peut voir certains couples honteux de leur nouveau statut de « parents de trisomique », et terrorisés à l'idée du sacro-saint « qu'en dira-t-on ».

Ceux-là mêmes qui vont parfois reléguer leur enfant au même rang que le mobilier de leur appartement, pensant leur « pauvre handicapé » à jamais dans l'incapacité d'évoluer au sein d'une quelconque société sans leur présence permanente. Leur nouvelle devise : « Pour vivre malheureux, vivons cachés. »

Quelle terrible méprise !

Mais peut-on condamner pour autant ces malheureux parents, déjà si durement fragilisés, pour cause de manque d'information ?

Ainsi, pour mes parents, l'annonce du handicap de Cricri fut une épreuve extrêmement douloureuse. Pour moi non. Je n'ai pas mal vécu d'avoir une petite sœur « différente ». Du haut de la délicieuse insouciance de mes neuf ans, j'étais incapable de prendre conscience du renoncement brutal à tous les rêves, à tous les projets élaborés durant dix-huit mois par ceux que j'aimais plus que tout au monde : neuf mois dans l'attente de « l'heureux événement », auxquels s'ajoutèrent les neuf mois de joie qu'apporta la présence d'un deuxième enfant dans la maison, avant que la nouvelle ne tombe, si injuste, si lourde et cruelle, vous privant même, du jour au lendemain, du simple bonheur de vous sentir vivants.

Après avoir compris que ce passé-là est à jamais dans mon présent, et pris tout le recul nécessaire à une meilleure objectivité, je ne peux m'empêcher de me demander en quoi notre mode de vie eût été différent si ma sœur était née « ordinaire »...

Peut-être un peu plus d'amis, de voyages, d'enfants et de petits-enfants ?

Mais sûrement moins d'amour, de rires et de musique !

Peut-être n'aurais-je pas appris si tôt à surmonter avec légèreté les embûches de la vie quotidienne. Peut-être ne me serais-je pas investie avec une telle détermination dans ce challenge, celui d'une réussite spectaculaire, avec une seule idée en tête : que le regard des autres, au lieu de se dérober face à celui de ma sœur ou de mes parents, se pose enfin avec respect sur la « rescapée » de notre foyer, associant la famille tout entière à son hypothétique notoriété, fût-elle éphémère.

C'est sans doute pour les miens qui, un jour, ont tourné leur regard plein d'espoir vers moi, que je me suis construit des épaules trop larges, voulant grandir plus vite pour voler très haut de mes propres ailes, et toucher enfin le sol de cette planète Musique qui a le pouvoir de faire se rassembler les êtres les plus dissemblables.

Maman a quitté notre planète Terre en 1997, tandis qu'une partie de Cricri sembla s'envoler, elle aussi, simultanément, abandonnant l'autre dans les bras sécurisants d'un fauteuil roulant, avec pour seuls compagnons d'infortune d'autres fauteuils trimballant d'autres douleurs secrètes, dans la solitude infranchissable de leur mutisme.

Lorsque mon père et moi rendions visite à Cricri dans la « maison de Vie » qui a été la sienne jusqu'en 1999, je n'ai cessé de me demander si elle nous reconnaissait, pensait, savait notre présence... si...

Autant de questions restées à jamais sans réponses, puisque Cricri a rejoint maman.

Pourtant Dieu sait qu'elle a dansé sa vie, Cricri, appelé nos prénoms, aimé notre amour !

Et gardé jusqu'au bout ce rire familier, prêt à exploser en permanence. Symbole pour moi de l'ultime et fragile fil qui m'a gardée reliée à maman, puis à elle, jusqu'au bout de leur chemin.

Comment raconter à ceux qui ont peur ? Comment raconter la trisomie 21 à ceux qui la vivent ? Les trisomiques à ceux qui les croisent ?

Comment faire pour que le monde ouvre plus grands ses yeux, plus grands ses bras et plus grand son cœur ?

Parler en mon nom m'est apparu insuffisant. Aussi ai-je décidé de faire intervenir Cricri : à intervalles réguliers, je lui cède la parole ; je lui offre mes modestes mots, au nom de tous les siens, ces êtres que l'on dit si « différents ».

Les pensées que je lui ai attribuées ne sont que le fruit de mon amour pour elle et de mon imagination. Pourtant, après avoir rédigé ce livre, je me demande malgré tout si toute ressemblance avec un personnage ayant réellement existé ne serait vraiment que pure coïncidence...

Merci d'essayer de comprendre, le temps d'une lecture, comme j'ai cru l'entendre, un triste après-midi de l'automne 2001, deux ans après qu'elle nous eut quittés, cette petite voix qui m'a dit : « Allez, Ma-sœur, il est temps maintenant, tu as le droit de leur dire ! »

On m'appelle Lily

Le 8 mars 1955, il fait beau, il fait bon, la vie coule comme une chanson de Claude François que l'on ne connaît pas encore.

Papa et maman sont garagistes. Enfin, papa surtout ! Il sait réparer les vélos, scooters et voitures de toutes les marques. Maman fait sa secrétaire.

Mais aujourd'hui elle ne travaille pas parce que d'une minute à l'autre, on attend l'arrivée de mon petit frère ou de ma petite sœur. Si c'est un garçon, il s'appellera Christian et si c'est une fille, Christiane. Normal !

Pourquoi Christian ou Christiane, ça, je ne sais pas. Moi, j'ai neuf ans et je sais que je m'appelle Alice, comme ma grand-mère paternelle. On prononçait même « Alitché » parce qu'elle était italienne. Mais elle est morte pendant la guerre et je ne l'ai connue qu'à travers des photos en marron et blanc que papa m'a montrées.

Finalement, tout le monde m'appelle Lily, sauf papa quand il est en colère et que, là, il m'appelle

Alice. Mon deuxième prénom, c'est Christiane. Alors si le bébé qu'on attend est une fille, il portera enfin le prénom qu'on attendait. Un prénom comme ça, pour rien. Juste parce qu'un jour on l'a trouvé joli.

Papa est parti de bonne heure ce matin accompagner maman à la clinique. Elle a dit qu'elle avait des « contractions ». Je ne sais pas trop ce que c'est, mais ça paraissait urgent. De toute façon, la clinique est juste de l'autre côté du carrefour, et papa m'a promis de revenir pour m'accompagner à l'école à 8 h 20.

Il a dit que pour une fois, ses « enquiquineurs » attendraient un peu. C'est le nom qu'il donne aux clients qui s'affolent dès qu'ils croient entendre un petit bruit bizarre dans le moteur de leur voiture et que, au bout du compte, tout est normal.

La clinique de Taverny est blanche, comme toutes les cliniques, paraît-il, mais celle-ci ressemble plutôt à une grande maison de gardien qui aurait oublié de ranger son château au fond du parc.

Sauf qu'il n'y a pas de parc. Seulement un jardinet devant, attenant à la pharmacie de la rue de Paris qui traverse tout Taverny, de la fin de Saint-Leu jusqu'au panneau Bessancourt. Là où nous habitons, on appelle ça « le quartier de Vaucelles ».

En face de la clinique, à l'angle de notre rue de la Tuyolle qui remonte jusqu'à la forêt, le bar-tabac-journaux où mon grand-père vient boire son ballon de rouge en cachette, et repart avec ses Gauloises maïs et le journal pour mémé. Maman y achète seulement des timbres et son magazine *Modes et Travaux*, parce qu'elle ne fume pas et boit encore moins !

Juste à côté, c'est notre garage. Au rez-de-chaussée, la boutique de vélos qui abrite sous son auvent les deux pompes à essence « Shell que j'aime ». Au premier étage il y a l'appartement familial, et au second mon grenier salle de jeux. C'est pratique pour papa qui monte de temps en temps nous faire un coucou entre deux enquiquineurs.

Moi, je ne connais pas grand-chose aux histoires des bébés qui vont arriver, mais j'ai bien vu ces jours-ci que maman était contente à l'idée que son gros ventre se dégonfle bientôt.

C'est vrai qu'elle a eu peur deux fois en attendant le bébé. Elle s'est d'abord trouvée dans un train qui a déraillé, et une autre fois elle a dû se faire opérer pour un gros problème de dents. A chaque fois on s'est demandé, papa et moi, si le bébé n'avait pas eu peur, lui aussi. Alors, pour nous rassurer, elle nous prenait à chacun une main qu'elle posait bien à plat sur son ventre pour qu'on sente qu'il bougeait toujours.

Et ça, pour bouger, il bougeait ! Le ventre faisait des bosses dans tous les sens, comme si le bébé en avait marre d'être enfermé là-dedans. C'est vrai que moi aussi, neuf mois, j'ai trouvé ça long !

Je n'ai pas aimé cette idée qu'ont eue mes parents de me laisser passer l'été dernier sans eux. Papa avait des travaux à faire dans la maison qu'il a achetée pour mes grands-parents, juste à côté de la nôtre, avec un terrain dont une moitié sera le garage avec des voitures à réparer, et l'autre le jardin avec les grands cerisiers que, bien sûr, on n'enlèvera pas.

Il m'a expliqué qu'on n'avait pas assez d'argent pour partir tous ensemble et que, comme maman attendait un petit frère pour le mois de mars, c'était dangereux pour elle de faire de longs voyages en voiture parce qu'elle avait quand même trente-cinq ans.

Moi je trouve que trente-cinq ans, c'est vieux, mais pas trop, et qu'elle aurait bien pu venir avec moi en vacances en attendant que le petit frère grandisse un peu dans son chou. Mais maman a dit que c'était impossible.

Alors, pour la première fois depuis ma naissance, soi-disant dans une rose, au lieu de faire du camping au soleil au bord de la mer avec mes parents, je me suis retrouvée dans un autocar trop chaud, plein d'enfants que je ne connaissais pas et qui chantaient très faux.

On est arrivés dans une colonie de vacances, « Le Clos des Poussins ». D'abord, je ne suis pas un poussin. Et puis, tout autour il y a des champs et encore des champs, et moi je n'aime pas trop la campagne, surtout celle où il pleut tout le temps !

De toute façon, comme j'avais décidé de m'y ennuyer, au bout d'une semaine j'avais déjà plein de petits boutons rouges de la tête aux pieds avec une fièvre d'au moins cinquante degrés.

Merci, ma varicelle !

La chef des sœurs a eu tellement peur que je refile mes boutons à tout le monde qu'elle a vite averti papa par téléphone pour qu'il vienne au plus tôt me chercher.

Vingt-quatre heures plus tard j'avais toujours mes boutons, mais on roulait, papa et moi, vers Taverny où maman nous attendait avec impatience.

En arrivant, j'ai trouvé qu'elle avait drôlement bonne mine et que ses lolos paraissaient un peu plus gros sous son corsage, mais ça, je n'osais pas lui en parler... Je l'ai dit seulement à l'oreille de papa qui m'a répondu en rigolant que c'était à cause du petit frère qu'on attendait. Moi, j'étais sûre que pendant mon absence, maman avait en fait mangé beaucoup trop de choux !

Après, toujours à cause du futur bébé, on m'a envoyée soigner ma varicelle chez mes grands-parents, à Maisons-Alfort. Ça m'embêtait un peu, mais au moins je n'étais pas loin. J'ai donc passé la fin de mes vacances dans la maison qui allait bientôt être démolie à cause de l'autoroute qui doit passer dessus.

C'était triste parce que c'est dans cette maison que maman et moi on est nées. Mais j'étais contente quand même que mon pépé vienne s'installer près de nous, à Taverny, pour la rentrée scolaire. Comme ça j'irai le voir le jeudi, après ma leçon de piano, pour jouer aux petits chevaux ou aux dames et je gagnerai, comme toujours !

Un beau bébé !

Je ne rentre jamais directement à la maison après l'école. Comme maman travaille à la boutique jusqu'à 6 heures du soir, je prends mon goûter et je fais mes devoirs chez Mémère Pessin : un bon sandwich au fromage de Rouy avec un verre d'eau. Même que dans l'eau, des fois, elle met trois ou quatre gouttes de vin rouge.

Mme Pessin, c'est la grand-mère de Michèle, la fille du coiffeur. Leur salon est juste à côté de la boulangerie, en face du bar-tabac-journaux.

Elle est vieille, Mme Pessin, elle a au moins cinquante-cinq ans, mais elle est très gentille et c'est pratique d'aller chez elle. Sa maison est juste à cinquante mètres de la sortie de l'école Sainte-Marie.

Michèle est à la grande école communale des filles. C'est normal, elle a onze ans. Quand elle sort de l'étude, à 6 heures, elle me récupère au passage et on descend toutes les deux la rue de Paris jusqu'à la pharmacie.

Là, elle regarde bien à droite, puis à gauche s'il n'y a pas de voiture qui arrive, puis elle lâche ma main et me laisse traverser toute seule dans les clous. Après, elle me fait au revoir de la main jusqu'à ce que je sois rentrée dans le garage.

Aujourd'hui, elle est venue me chercher à 4 heures et demie à l'école à cause de l'arrivée du bébé. Du coup, elle m'a accompagnée jusque dans la maison.

En passant dans la cour pavée du garage, je n'ai pas entendu résonner la voix de papa. D'habitude, quand je rentre, il me lance tout le temps : « Salut, bichon ! » Je ne l'embrasse jamais parce qu'il a toujours plein de cambouis sur la figure.

La boutique aussi était bien calme. Ça fait drôle quand on n'entend pas le clic-clac de la machine à écrire de maman, quand elle tape ses factures.

Alors on est montées à l'appartement et on s'est installées, Michèle et moi, à la table en Formica jaune de la cuisine et on a goûté. Chacune deux grandes tartines de baguette bien fraîche qu'on a beurrées et saupoudrées de chocolat Banania.

J'adore ce goûter-là parce que si par hasard on souffle sur la tartine ou qu'on éternue, sans le faire exprès bien sûr, la poudre s'envole et s'éparpille jusque dans les cheveux. Maman en a même retrouvé un jour dans les poches de mon tablier vert.

Mais aujourd'hui il faut que je fasse attention car maman ne pourra pas tout de suite faire une lessive. Comme je n'ai que deux tabliers, je vais essayer de garder celui-là propre au moins jusqu'à vendredi.

J'aime bien Michèle. On dirait un ange avec ses cheveux mi-longs bouclés, ses yeux bleu clair, sa peau lisse et blanche.

Moi, je suis « la rouquine » aux yeux marron, et tous les matins, je monte sur le tabouret de cuisine pour voir dans la glace au-dessus de l'évier si je n'ai pas une nouvelle tache de rousseur. Michèle trouve ça très « mignon », moi pas. En plus, j'ai un petit trou sur le bout du nez. Maman dit que c'est parce que j'ai gratté un bouton pendant ma varicelle. Il faudra que je prévienne mon frère, ou ma sœur, de bien faire attention.

Papa est sûr que ça va être un garçon. D'ailleurs, il a fini de rafistoler son vieux train électrique pendant que, pour faire moi aussi un peu de mécanique, je démontais mes poupées. Moi, je m'en fiche un peu que ce ne soit pas une fille. Le principal, c'est qu'il ou elle se dépêche d'arriver et qu'on se retrouve vite à la maison tous ensemble.

Il paraît que tout ça dépend de Mlle Soulier, la « sage-femme ». C'est un métier sûrement très spécial, celui de Mlle Soulier, parce que maman a dit dans un sourire, en regardant papa, qu'il n'existe pas de « sage-homme »... Mais ça n'a pas fait rire papa du tout !

Et il y a des moments où tout va très vite.

J'entends qu'on monte les marches de l'escalier deux par deux puis qu'on s'essuie les pieds sur le paillasson du palier tout en tournant le bouton de la porte. Les bruits que fait mon père quand il a très faim ou qu'il a un truc urgent à nous dire.

« Ça y est, tu as une petite sœur ! C'est un très beau bébé ! » claironne papa en se plantant dans l'encadrement de la porte coulissante de la cuisine.

Moi, j'ai bien compris que lorsque les gens parlent d'un « beau bébé », ils pensent « gros bébé ». Maman a pris douze kilos et papa m'a dit que le bébé pèse 4,5 kilos. Il faudra qu'on m'explique, quand je serai plus grande, où est passé tout le reste.

Sur le moment je suis déçue pour le train électrique que papa avait déjà réparé pour ma naissance, quand déjà il était sûr que je serais un garçon... Encore raté !

Il paraît que Pépère Jules et Mémère Lucie (qu'on appelle Mémère Jules, d'ailleurs) sont allés voir ma petite sœur à la clinique. Pépé a trouvé qu'elle avait une « bonne bouille ». Mémé a dit qu'elle ressemblait à une Chinoise sans cheveux ! C'est vrai que Mémère Jules ne mâche pas ses mots.

Papa me raconte que maman lui a répondu du tac au tac que c'est le plus beau des bébés, avec deux bras, deux jambes, deux mains et deux pieds, des yeux de Chinoise, et qu'elle est la plus heureuse des femmes.

Il ajoute que ma petite sœur a de belles joues bien roses, qu'elle est drôlement potelée et que ses yeux sont en amande, un peu comme les siens, mais aussi marron que les siens sont bleus.

C'est vrai que je trouve les yeux de papa très beaux, un peu comme ceux de Paul Newman ou de Curd Jurgens. Mais comme ce sont des acteurs, on ne sait pas s'ils sont aussi beaux dans la vie qu'au cinéma. Tandis que les yeux de papa, je les vois pour de vrai tous les jours.

Je me dis que décidément, il n'a toujours pas de garçon pour reprendre le garage plus tard et qu'il faudra peut-être songer à commander à nouveau un petit frère. En tout cas, il a l'air bien content quand même à l'idée de se retrouver avec trois filles à la maison pour s'occuper de lui !

Puis le : « Et toi, ça va, bichon ? » et la grande tape dans mon dos accompagnée de deux gros smacks sur mes joues de rouquine viennent me distraire de mes pensées.

Papa fait partie, comme moi, des gens qui ne savent pas bien faire voir ce qu'ils ressentent.

Alors on se comprend bien, lui et moi.

Une tape dans le dos, ça veut dire : « Je suis bien content » ou : « Bravo ! C'est bien ! »

Une claque sur la cuisse du voisin ou de la voisine, c'est plutôt : « Je suis content qu'on soit tous ensemble ! »

Une petite bise vite fait, c'est : « Pardon, j'y suis peut-être allé un peu fort... »

Mon préféré de tous les codes, c'est quand il t'agrippe sans prévenir par les épaules et qu'il te fait d'un coup deux grosses bises qui font du bruit et collent un peu. Parce que ça c'est sûr, ça veut dire : « Je t'aime. »

Alors aujourd'hui, papa m'aime très fort ! Mais je sais qu'il ne dira pas les mots.

Maman, c'est tout le contraire. Elle, c'est tout le temps « Ma Lily » par-ci, « Ma bichette » par-là, « Ma grande fifille », « Ma toutoune que j'aime », sans compter ses câlins qui durent vraiment trop longtemps. Le pire, c'est quand elle fait ça devant les amis à la maison. Moi, ça me gêne un peu.

En plus, elle veut toujours savoir s'ils sont bien assis, pourquoi ils ne reprennent pas de dessert, si c'est parce que c'est pas bon. Ou si la santé, ça va bien... Mais ça, c'est maman.

Et tout bien réfléchi, je les aime drôlement comme ils sont, ces parents-là !

Comme on s'est presque tout dit pour la journée, papa se sauve pour aller retrouver ses enquiquineurs au garage avant de refaire un saut à la clinique pour souhaiter une bonne première nuit à ma petite sœur.

Je me demande à quoi peut bien ressembler ce « beau bébé » qui, paraît-il, n'a même pas pleuré à son arrivée.

Christiane... Ma sœur... Des mots nouveaux qui chahutent dans ma tête...

Quand même, j'aurais bien voulu un petit frère pour jouer au train électrique de papa. Mais finalement je m'en fiche parce qu'une fille, c'est mieux pour jouer à la marchande ou aux princesses dans mon grenier, dans *notre* grenier.

Christiane... Je n'aime pas trop ce prénom finalement. Kiki, ce serait mignon, ça ! Ou Cricri... Oui ! Cricri, ça, c'est bien !

Dépêche-toi de rentrer, ma Cricri, parce que je crois que je t'aime déjà.

On m'appelle Cricri

Elle est bizarre, cette famille ! je m'appelle Christiane, mais tout le monde me surnomme Cricri. Pareil pour mon papa Antoine qui ne répond que lorsqu'on l'appelle Tony. Raymonde, ma maman, c'est Monmonde et ma sœur Alice, pour tous, c'est Lily.

Moi, quand je saurai parler, je l'appellerai « Ma-sœur », au moins je serai toute seule à pouvoir l'appeler comme ça !

Maman est née le 19 octobre 1919 à 19 heures. Alors elle a décidé que le neuf serait son chiffre porte-bonheur. Voilà neuf mois que je mange, que je dors, et que je mange et que je dors encore... Un peu trop, pense papa !

Evidemment, il a tendance à faire souvent des comparaisons avec ma grande sœur : à neuf mois, Lily s'asseyait plus souvent ; à neuf mois, Lily était plus vive ; à neuf mois, Lily se mettait debout toute seule dans son parc ; et à neuf mois, Lily savait dire « Papa ».

Moi, Cricri, à neuf mois, je dis : « Mum mum mum mumm ! » Maman croit que je l'appelle et en est très fière. En réalité, je me manifeste tant bien que mal afin que l'on me donne encore un petit quelque chose à manger.

Mon premier défaut ? Je suis gourmande !

Pour mes neuf mois, juste avant Noël, j'ai eu droit à un vaccin. C'est papa qui nous a accompagnées en voiture, maman et moi, au dispensaire.

Ma grande sœur déteste cette sorte de plume piqûre qui vous griffe sur le haut du bras. Elle dit qu'après ça fait moche, qu'on dirait qu'on t'a collé un tampon sur l'épaule, et surtout que ça fait un peu mal. Moi, ça m'est égal, je ne suis pas douillette.

La leçon de piano

On est jeudi. Mes parents ont profité de la présence de Mlle Riveron à la maison et de mon cours hebdomadaire de piano pour accompagner Cricri au dispensaire, le temps de lui faire son vaccin.

Je n'ai jamais su le prénom de mon professeur de piano, tout le monde l'appelle Mlle Riveron, c'est tout.

Elle débarque tous les jeudis après le déjeuner, perchée sur sa vieille bicyclette un peu rouillée, son chignon protégé par des foulards fleuris en coton mousseline, calés sous un canotier noir qui la fait paraître encore plus grande. Tout le reste est enveloppé dans un grand châle bordeaux crocheté main qui laisse apercevoir des demi-doigts blancs dépassant de leurs mitaines de laine, le tout surmontant une longue jupe sombre de coton.

On dirait un épouvantail à roulettes quand elle dévale la rue de la Tuyolle. Cinquante mètres avant de lâcher son vélo sur le mur du garage, elle déplie ses longues jambes pour freiner sur les pavés avec les talons déjà usés de ses bottines à boutons. Ça fait comme un bruit de ricochets sans eau !

Et chaque jeudi, à la fin du déjeuner, j'use toujours du même truc pour me lever vite de table avant la corvée de vaisselle. La révision tardive, mais obligatoire, de mes exercices de piano.

Maman me jette alors son regard noir tandis que papa, qui se fiche bien des problèmes ménagers, m'encourage à travailler au plus tôt.

Dès que la dernière assiette est rangée, j'arrête immédiatement mes gammes et grimpe m'installer, en attendant ma leçon, sur ce que j'appelle mon « balcon », et qui n'est en fait que le rebord de la fenêtre de la cuisine, au-dessus du placard qui fait office de glacière l'hiver. L'espace a été barricadé par mon père d'un grillage sur l'extérieur pour que je ne risque pas de tomber du premier étage.

De mon perchoir, je peux tout voir, du haut de notre rue jusqu'à la clinique du carrefour de la rue de Paris. Dès la fin de l'automne, juste en face de la maison, à travers les branches dénudées des grands marronniers du parc du Dr Soria, j'observe Coco et Nana, ses deux filles jumelles, jouer à cache-cache dans leur jardin qui me paraît immense. J'ai souvent envie de dire à celle qui « s'y colle » où est cachée l'autre, mais elles se ressemblent tellement que je suis incapable de citer le surnom juste de l'une des deux.

Leurs cris sont parfois couverts par le bourdonnement de la pompe à essence située devant la boutique, juste en dessous de mon poste d'observation. Les clients du garage sont habitués à me trouver assise là et c'est tout naturellement qu'ils lèvent la tête pour me faire un brin de causette pendant que Claude, l'ouvrier de papa, fait le plein de leur voiture.

Depuis quelques mois, hormis les banalités d'usage du style : « Il fait chaud aujourd'hui » ou « Tu n'as pas trop froid là-haut, Lily ? », l'arrivée de Cricri est devenue le centre de leurs questions : est-elle sage ? N'aurais-je pas préféré un petit frère ? La verra-t-on bientôt sur le balcon avec moi ? Est-ce que je lui joue du piano ?... Mais quels curieux, ces enquiquineurs !

Puis le claquement caractéristique des « talons freins » de Mlle Riveron vient interrompre ces passionnants échanges, tandis que je me précipite hypocritement sur mon tabouret de piano pour reprendre, telle l'élève modèle que je ne suis pas, les gammes interrompues un peu plus tôt.

Ces exercices obligatoires m'ont toujours ennuyée. Mais maman passe tant de temps chaque jour à me les faire répéter que je me plie distraitement à sa volonté, m'efforçant de concentrer toute mon attention sur ces cours du jeudi.

Je n'aime pas trop Mlle Riveron, mais je ne la déteste pas non plus. On la dirait débarquée d'une photo de la fin du siècle dernier. Elle n'est ni jeune, ni vieille, mais personne ne sait son âge. Moi, j'aime bien savoir celui des gens. Pour la peine, j'ai décrété qu'elle a au moins cent ans.

Pour que j'observe la numérotation des doigtés mentionnés sur ma partition au-dessus des notes, elle n'a rien trouvé de mieux qu'une petite règle de bois dont elle me menace de sa main droite, toujours prête à me tapoter les articulations en cas de dérapage non contrôlé. D'où mon désir irrésistible de m'appliquer, en surveillant sournoisement à la pendule les minutes qui me séparent de la fin du supplice.

C'est ainsi que j'ai appris à détester autant que je les admire Frédéric, Wolfgang Amadeus, Franz, Johann et les autres.

Pourtant, j'adore la musique.

Pour me récompenser de mes notes à l'école, mes parents ont eu la bonne idée, tout en se faisant plaisir, de m'emmener chaque année voir une opérette de Francis Lopez à Paris, au grand théâtre du Châtelet.

Et là, du haut du troisième balcon, j'écarquille les yeux, fascinée par les beaux décors, émerveillée par les lumières qui se reflètent sur les costumes multicolores des chanteurs. Les musiciens sont habillés en pingouins et j'aperçois le haut de leur tête qui dépasse, de temps à autre, de la fosse d'orchestre, juste au-dessous du trou du souffleur de la grande scène.

Mon chanteur d'opérette préféré, c'est Luis Mariano, surtout quand il entame « Mexico... Mexi... iii... co, sous ton soleil qui chante... iii », et que toute la salle applaudit debout à tout rompre, même si la chanson n'est pas finie.

C'est donc tout naturellement que, sitôt rentrée à la maison, je n'ai qu'une idée en tête : chanter. Après m'être déguisée avec les moyens du bord en bohémienne ou en marquise, selon l'opérette du moment, je me ménage une entrée de star derrière les doubles rideaux de velours or de la fenêtre de ma chambre, sous le regard muet d'admiration de mes poupées que j'ai pris soin d'installer confortablement sur quelques chaises, en guise de public.

Le reste de l'année, il n'y a que peu de temps, et d'argent, pour les autres sorties. Sauf le samedi soir. Aussi, en souvenir de l'époque de leur rencontre, lorsque papa passait en attraction dans les bals, maquillé, vêtu et chantant à la guitare comme Tino Rossi, et que maman, habillée en robe à paniers, jouait de l'accordéon, mes parents, qui n'ont personne pour me garder à la maison, m'emmènent au bal de la salle des fêtes.

Vite étourdie de quelques valses à l'endroit et à l'envers avec mon père, bercée par la musique, je m'affale et m'endors, épuisée mais heureuse, contre le haut-parleur, juste en contrebas de la scène où jouent les musiciens, tandis que mes parents dansent et dansent encore, jusqu'à une heure du matin.

C'est ainsi que débute mon éducation musicale, au son des airs des opérettes à la mode qu'interprètent Luis Mariano, Tino Rossi, Georges Guétary, Bourvil, Annie Cordy. Je découvre aussi les succès d'André Claveau, André Dassary, Mireille, Trénet, Piaf, Montand, puis Aznavour et Bécaud, mes deux préférés.

Et chaque samedi soir, je m'endors au rythme des cha-cha-cha, tangos, paso-dobles et autres valses musettes qu'ont joués les accordéonistes locaux.

Le dimanche, la maison est souvent pleine d'amis et de voisins. Après le déjeuner, papa nous passe traditionnellement un de ses derniers films amateurs dont les petits scenarii suscitent toujours l'admiration de tous. C'est de cette façon que je peux me découvrir bébé, lors de mon baptême, puis à dix-huit mois, en vacances au camping avec mes parents, et à trois ans, chantant sur scène pour la première fois, à la fête de l'école.

Dimanche dernier nous avons fait découvrir à nos amis Paulette, Henri, Yvette et Roger, nos premières vacances au bord de la mer. A chacune de ses apparitions à l'écran, on y retrouvait Cricri dormant dans sa poussette. Ce qui a fait dire à Yvette que maman a bien de la chance car son petit Willy, né à quelques jours d'intervalle de ma sœur, ravage tout sur son passage depuis qu'il essaie de se tenir tout seul debout.

Durant les séances de cinéma à la maison, Cricri, bien réveillée cette fois, regarde défiler les images en souriant dans son parc, calée au milieu des coussins.

A la fin du film, après que chacun y est allé de son compliment, j'ai le droit d'ouvrir les rideaux et d'enrouler l'écran ; c'est alors que papa sort sa guitare, maman son accordéon, et que tout le monde se met à chanter : « A Joinville le pont, ponpon, tous deux nous irons, ronron, regarder guincher, chéché, chez Gègè... è... ne ! » J'ai hâte de pouvoir accompagner tout ce petit monde au piano, et j'ai décidé d'apprendre au plus tôt cette inoubliable chanson à ma sœur.

En attendant, du haut de mes neuf ans, je tire régulièrement sur mon pouce et mon auriculaire afin que mes mains réussissent enfin à plaquer sur le clavier cette octave que mes doigts ont encore du mal à atteindre.

Neuf... impair et manque !

Après le vaccin « même pas mal, même pas pleuré », il s'est passé de drôles de choses. Tandis que maman me rhabillait, le docteur a demandé à papa s'il savait que j'étais « mongolienne ».

« Mongolienne » ?

Papa ouvrait des yeux tout ronds.

Est-ce la forme de mes yeux qui rappelle les habitants de ce pays que mes parents ne connaissent même pas ?

Après ma grand-mère qui me compare à une Chinoise, me voici aujourd'hui la « mongolienne » du docteur !

« Un cas sur mille », a-t-il précisé.

Il y a donc 999 enfants qui n'ont pas la chance d'être comme moi ? Maman a raison, le neuf nous porte bonheur !

Puis, constatant que sa réflexion demandait d'autres commentaires, le docteur est venu s'installer tout près de nous pour se lancer dans des explications si longues et compliquées que je me suis vite endormie dans les bras de maman.

A mon réveil, nous voilà tous les trois dans la voiture. J'ai même l'impression qu'il pleut dedans en sentant des gouttes sur mon front. Mais je me rends vite compte que cette pluie-là glisse tout droit des yeux de maman, dont les cheveux bruns se mélangent doucement à mes cheveux roux.

J'ai mis plus de quarante ans avant de comprendre ce que signifiait cette pluie qui coule de temps en temps sur les joues des gens : le jour où j'ai vraiment pleuré pour la première fois. On appelle ça le chagrin.

Il paraît que les larmes, c'est quelque chose qu'on ne peut pas retenir quand on a mal à l'intérieur. Moi, quand j'ai mal ou que j'entends un truc qui ne me plaît pas, je pense à autre chose et tout va bien.

Ce jour-là maman a sûrement très mal dedans parce qu'elle me serre contre elle plus fort qu'à l'accoutumée ; papa ne dit rien et ne pleure pas, parce que c'est un homme. En plus, mon papa, il est italien, alors il peut encore moins pleurer.

Ses deux grandes mains blanches, aux ongles pleins de cambouis, sont restées longtemps sans bouger sur le haut du volant. Puis il a démarré enfin sans dire un seul mot à maman qui pleure toujours.

Moi je trouve que ce neuvième « moissiversaire » est bien embêtant et je préfère me rendormir un peu en pensant à Lily qui doit m'attendre à la maison pour goûter.

Une maladie qui ne se soigne pas

Il ne reste plus que cinq minutes avant la fin de ma leçon de piano lorsque mes parents reviennent du dispensaire.

Je saute aussitôt de mon tabouret et le bisou que je donne à ma petite sœur, encore emmitouflée dans les bras de maman, afin de lui faire oublier sa « plume piqûre », est accueilli par un beau sourire accompagné d'un « mum mum mum » des plus significatifs.

C'est seulement en levant ensuite les yeux que je m'aperçois que ceux de maman sont bien rouges et drôlement boursouflés. Quant à papa, il oublie d'embrasser son « bichon » de Lily, et je n'ai droit qu'à une banalité du genre : « Bon, il faut que je retourne au boulot », et il referme aussitôt la porte derrière lui.

Sentant le malaise s'installer, Mlle Riveron n'insiste pas pour terminer la leçon et s'esquive discrètement, après avoir repiqué son canotier sur son chignon, récupéré son châle et rangé rapidement ses partitions dans la sacoche de cuir marron.

Pendant ce temps, je suis du regard maman qui monte doucement les quatre marches menant à la chambre au bout du couloir, la tête toujours penchée sur Cricri, ignorant les « mum mum » insistants de notre gourmande demoiselle.

A ce moment précis, je me mets à maudire de tout mon être ces vaccins, soi-disant « de rien du tout » et pourtant capables de mettre des parents dans un tel état. Pourtant, Cricri a l'air en pleine forme, elle.

Puisque personne ne semble vouloir s'occuper de moi, je vais laisser maman se reposer un peu et me remettre en poste sur mon balcon, avec mes poupées.

Cet après-midi-là devient le plus calme et le plus ennuyeux de mes presque dix années de vie.

Une fois Cricri bien endormie, c'est au cours du dîner que mes parents m'annoncent la nouvelle : ma sœur est « mongolienne ».

A voir la peine affichée sur leurs visages, je me dis qu'il s'agit sûrement d'une chose grave. Je demande si c'est une maladie. Après une longue hésitation, papa me répond que oui, en ajoutant d'un air accablé qu'on ne sait malheureusement pas encore soigner cette maladie. Sentant soudain l'affolement dans mon regard, il s'empresse de me préciser qu'on n'en meurt pas, mais qu'il me faudra être très tolérante lorsque Cricri ne pourra pas faire aussi facilement que je le voudrais les choses qu'on attendrait d'une enfant « normale ».

Et moi d'enchaîner avec toute la délicatesse qui me caractérise parfois : « Zut alors ! On pourra pas jouer à la marchande et aux princesses ? »

D'un petit sourire, maman me rassure. Cricri fera tout plus lentement que les autres bébés, elle ne sera jamais une petite fille comme les autres, mais elle voudra sûrement bien jouer à tout ce qui me plaira, à condition que j'apprenne à être patiente avec elle. Excepté peut-être en musique, domaine dans lequel les « mongoliens » auraient, paraît-il, des « prédispositions » naturelles.

Je dis à maman que je suis d'accord pour ces « prépositions »-là et que, au fond, ce n'est pas si grave d'être mongolien : à la télé, j'ai vu des enfants dans des fauteuils roulants, et même d'autres qui étaient sourds ou aveugles. Alors mongolien, finalement, c'est presque rien : ça va moins vite, c'est tout !

Papa et maman se sourient enfin.

Et puis, je n'ai que neuf ans et demi. On a tout le temps devant nous pour jouer du piano à quatre mains, Cricri et moi. Et toc !

C'est bon la vie...

Ouf ! J'ai un parrain et une marraine, pareil que Lily qui m'a expliqué que ça sert à remplacer les parents quand ils ne sont plus là. Pourtant les miens sont là. Je n'aurai pas à m'en servir souvent parce que maman ne me laisse jamais toute seule, même quand je dors. Mais je veux bien, comme ma sœur, avoir deux parents de secours.

J'ai surtout entendu dire qu'après mon baptême, on va manger au restaurant et on va faire la fête, c'est tout ce qui compte ! Mais avant, il faut passer par l'église.

Alors, on est tous rentrés dans l'église avec les parents de secours.

Mon parrain s'appelle André. Lily m'a dit que c'était le fils du fils de la sœur du père de ma mère, un genre de petit cousin. Comme je n'ai rien compris, je l'appellerai Dédé, c'est plus court et plus rigolo.

Marraine Emma, c'est la fille du frère de ma grand-mère Alice que je n'ai pas connue, la mère de mon père, je l'appellerai Marraine.

Ils ont l'air très gentil tous les deux, mais je préfère déjà Dédé, parce que c'est un garçon et que je le trouve beau.

Et puis je n'ai pas tellement aimé quand je me suis retrouvée à l'église dans les bras de ma marraine. Comme elle n'a pas d'enfant, elle ne sait pas bien tenir les bébés et j'avais peur de glisser au milieu de ma belle robe longue qu'elle a froissée en me remontant tout le temps.

Elle m'a dit, pour s'excuser, que j'étais un gros bébé et a ajouté en me chatouillant sous le menton : « Guili guili guili ! » Je n'ai pas compris ce que ça veut dire mais j'ai trouvé qu'elle était un peu grosse, elle aussi !

A côté de mon parrain Dédé, se tenait un grand monsieur avec une longue robe noire. Je n'ai pas entendu son prénom, mais tous les invités avaient l'air de bien le connaître puisqu'ils l'appelaient tous « Monsieur Lecuré ».

Eh bien, « Monsieur Lecuré » m'a bien agacée quand il a mis le sel sur ma langue, sans rien d'autre à manger avec, et qu'il m'a versé de l'eau très froide sur la tête au-dessus d'une espèce de cuvette en pierre. C'était désagréable comme tout. En plus, il a mouillé mon beau bonnet d'organdi blanc que Mémère Jules a amidonné et repassé ce matin, en même temps que ma belle robe.

Mais je n'ai rien dit parce qu'en même temps on entendait une belle musique, sûrement jouée par des anges musiciens. C'était un peu comme l'accordéon de maman qui aurait résonné plus fort et plus joli. Alors, sur la belle musique, on a marché doucement pour sortir de l'église et on a fait plein de photos parce que je souris tout le temps.

Finalement, j'aime bien mon baptême.

Depuis qu'ils ont appris que je suis « mongolienne », les voisins sont un peu différents avec nous. Certains regardent ailleurs quand on passe près d'eux en faisant les courses avec Lily et maman. D'autres changent brusquement de trottoir, comme s'ils ne voulaient pas nous parler.

Ils sont bizarres, ces gens ! On dirait qu'ils sont gênés.

Pourtant, moi j'aime bien observer tous ces visages dont aucun ne ressemble à l'autre. Prenons mon cas. Exception faite pour les cheveux roux vénitien que j'ai en commun avec Masœur, je n'ai en rien hérité de mon père, ni de ma mère. Par contre, il paraît que je ressemble beaucoup à d'autres de ces enfants « mongoliens » comme moi ; c'est Mlle Soulier, la sage-femme, qui l'a dit l'autre jour à maman en lui avouant qu'elle avait su dès ma naissance que je n'étais pas « normale », mais qu'elle ne lui avait pas dit parce que ça n'aurait rien changé.

J'espère que je rencontrerai ces enfants qui se ressemblent comme frères et sœurs, quand j'irai à l'école. Sûrement bientôt.

A la maison aussi, il y a eu quelques changements. Papa travaille de plus en plus et je le vois de moins en moins. Le matin, quand je me réveille, il est déjà plongé sous le capot d'une voiture ; à midi, pendant qu'il déjeune, c'est déjà l'heure de ma sieste et le soir, je suis au lit depuis longtemps quand il remonte enfin du garage.

Cela contrarie maman, mais elle ne le montre pas trop. Elle dit seulement qu'elle en a marre de manger de la soupe réchauffée et continue, malgré tout, à faire la secrétaire. Sa machine à écrire et ses papiers sont maintenant installés au premier étage, dans le meuble à abattant de la salle à manger. Cela lui évite d'entendre les réflexions embarrassées des enquiquineurs à mon sujet.

Moi, je vais très bien et je roule autour d'elle dans mon youpala bleu, pendant qu'elle fait des « ti-ki-tic-tac-tac » sur sa machine.

Et ma vie est belle.

Comme je n'ai pas encore l'âge d'aller au bal, maman décide parfois de « faire comme si ».

Alors on fait bal, elle et moi, dans la salle à manger.

Elle soulève d'abord le couvercle en bois du poste de TSF, y glisse un grand disque noir qui se met à tourner dès qu'elle y a posé l'aiguille à demi enfoncée dans le bras de plastique.

Quand la musique démarre, elle me prend dans ses bras et on se met à tourner, nous aussi, tout autour de la table en glissant sur le lino vert.

Le bal, maman me l'a raconté. Cela se passe à la salle des fêtes, le samedi soir. Il y a des garçons, jeunes et vieux, qui vont demander à des filles, jeunes ou vieilles, assises tout autour sur des chaises rouges à dossier doré, si elles veulent bien danser la valse avec eux. Même s'ils ne se connaissaient pas forcément avant. Après, ils s'en vont tourner deux par deux en glissant sur le parquet ciré.

La musique est jouée par des gens qui sont installés à part, sur une grande estrade, tous habillés en chemise de couleur à manches à volants.

Il paraît que celui qui travaille le plus, c'est le grand monsieur à la veste bleue à paillettes et qui a le même accordéon que le rouge de maman, mais en blanc tout brillant, et en plus gros.

Mais maintenant, le samedi soir, mes parents ne vont plus au bal. A la place, on dîne avec des amis à la maison. Papa continue de tourner des petits films à histoires dont tous nos invités sont les acteurs.

J'ai fait l'actrice pour la première fois l'été dernier, au village de vacances des Issambres où mes parents retrouvent les mêmes copains chaque année. C'est là qu'avec Ma-sœur on a tourné Les Vacances d'Alice et Gégé. *Gégé, c'est le fils du marchand de couleurs de Taverny. Il jouait le rôle du papa, Lily celui de la maman, et moi celui du bébé. Pour moi, c'était pas très compliqué !*

C'est là que j'ai commencé à marcher toute seule. J'ai mis un an de plus que mon copain Willy qui a le même âge que moi, mais je me tiens drôlement bien maintenant sur mes « petites jambes potelées », comme le dit maman.

Ma-sœur a enfin réussi à nager toute seule dans la piscine du village de vacances grâce au maître nageur, « le grand Charles », qui mesure deux mètres. Il paraît que c'est très, très grand. Mais le lendemain, quand papa a voulu qu'elle essaie dans la mer, elle a refusé d'enlever sa bouée en disant qu'il y avait beaucoup trop d'eau. Alors papa lui a dégonflé sa bouée petit à petit pour qu'elle ait moins peur. Quelle trouillarde, Ma-sœur !

Moi, j'adore l'eau et Christian, l'autre maître nageur qui s'occupe de la plage, a promis qu'il m'apprendrait la brasse dès l'année prochaine. Il est très gentil avec moi, Christian, et il est très beau. Il faudra que je me marie avec lui parce que Christian et Christiane, ça ferait joli ensemble.

Papa a promis à maman qu'un jour, il construirait lui-même une maison juste à côté, sur la colline, et que de là-haut on verrait la mer. S'il arrive à économiser beaucoup de sous, on aura peut-être même une piscine. Ça serait drôlement chouette !

Je me suis dit que c'est sûrement pour ça qu'il travaille de plus en plus au garage et qu'on ne se voit pas beaucoup.

Quand on n'est pas en vacances, ma promenade préférée c'est le jeudi après-midi, quand Ma-sœur me prend par la main pour traverser le garage et rendre visite à Pépère Jules et Mémère Lucie.

C'est seulement après avoir ouvert le portillon en fer séparant l'atelier du jardin que Lily me laisse courir devant elle sur l'allée de gravillons, jusqu'au bas de l'escalier conduisant au perron de la maison. Là, je l'attends pour qu'elle m'aide à monter les quatre marches qui mènent à l'entrée, et c'est moi toute seule qui frappe fort à la porte, comme mon papa, en faisant le bruit du « ta ta ga da ta... tsoin tsoin » pour qu'on sache bien que c'est nous ! C'est Ma-sœur qui me l'a appris.

Mémé n'est jamais très loin car elle fait du repassage à domicile pour nous et quelques voisins, et bien qu'elle soit un peu vieille, elle ne paraît jamais fatiguée. Elle passe beaucoup de temps debout, en écoutant les jeux de Zappy Max sur Radio Luxembourg dans sa lingerie, tout de suite à droite dans l'entrée. C'est toujours elle qui nous ouvre, parce que mon grand-père est un peu sourd, surtout à l'heure de la sieste.

Quand on arrive, Mémère Lucie crie : « Julot, voilà tes filles ! » Et la tête de Julot sort doucement de ses avant-bras repliés au beau milieu du journal sur lequel il s'endort toujours, après le déjeuner, en sirotant son verre de liqueur.

Dès que mémé est retournée à son repassage, de peur de rater son feuilleton « Sur le banc » avec Carmen et la Hurlette, on s'installe, Lily et moi, autour de la grande table vert clair, tout près de Pépère Jules qui nous raconte, comme chaque semaine, sa guerre de 14/18, quand il était mécanicien dans l'aviation avec son bel uniforme. Même qu'un jour, une bombe est tombée à côté de lui et qu'il est resté sous la terre pendant trois heures. C'est pour ça qu'il est un peu « dur d'oreille » et du coup, il n'a jamais pu monter dans un avion. Lily l'appelle « l'aviateur par terre » !

Elle m'a dit aussi, en secret, qu'il est sourd surtout quand mémé lui parle trop fort. Car dès qu'on lui propose doucement un « apéro », il entend très bien !

Quand la guerre est à nouveau finie, on joue tous les trois aux petits chevaux ou au jeu de l'oie. C'est Lily qui m'aide à faire avancer les pions jusqu'à ce que Pépère me fasse une bise en disant : « Bravo, ma poulette ! », ce qui veut dire que j'ai encore gagné.

Après on fête ça avec deux gâteaux secs et un verre de cidre. « C'est pour la route ! », dit pépé.

En sortant, Mémère Jules pose dans les bras de Lily le paquet de linge bien plié et tout chaud repassé, que nous nous empressons de rapporter à maman.

Quand l'été arrive, on reste dehors et Lily m'installe sur ses genoux pour faire de la balançoire, tandis que pépé nous cueille des groseilles à maquereau et des bigarreaux dans le jardin. Dès qu'il a trouvé suffisamment de cerises attachées deux par deux, il nous les accroche sur les oreilles et, avec Lily, on fait le ballet des marquises sur le gazon.

Quand on a fini de danser, on mange nos boucles d'oreilles et on ramène les autres cerises dans un panier que Lily me laisse porter presque toute seule jusqu'à la maison.

J'aime le lendemain de ces jeudis-là parce que maman nous fait du clafoutis pour le goûter.

C'est bon la vie !

Quoi de neuf, docteur ?

J'ai treize ans depuis trois semaines, et nous venons de souffler les quatre bougies de Cricri que papa évite toujours un peu.

Il trouve tellement injuste d'avoir une mongolienne dans la famille alors que ni lui ni maman n'ont jamais bu ni fumé. Il sait bien qu'il existe certains enfants au regard un peu bizarre, ou d'autres encore qui sont obligés de se déplacer en fauteuil roulant dès leur plus jeune âge, mais pour lui, ces enfants-là ne naissent que dans les familles dont les parents ont souvent eu des problèmes de santé ou avalé des drôles de produits.

Maman dit que c'est pas une raison pour la laisser seule s'occuper de Cricri, parce qu'elle a aussi besoin de lui. Papa soutient mordicus que, présent ou pas, Cricri ne fera pas la différence.

Moi, je suis persuadée du contraire, surtout lorsque Cricri débarque le matin dans la cuisine pour le petit déjeuner et qu'elle repart aussitôt vers la salle à manger en demandant : « Mon papa ? » à plusieurs reprises.

Et maman de répondre machinalement : « Il travaille, ton papa ! » Alors, sans plus poser de question, Cricri fait demi-tour et me tend les bras dans un sourire à faire fondre un cœur de marbre, en s'exclamant : « Ah ! Ma-sœur ! »

Depuis qu'elle a commencé à parler, Cricri a abandonné l'idée de m'appeler par mon surnom pour s'approprier ce « Ma-sœur » dont elle seule peut user et dont elle abuse chaque fois en riant. Ce qui me fait la soupçonner de posséder déjà une logique de réflexion et un sens inné de l'humour.

Cela dit, je me demande comment elle fait pour ne jamais pleurer, ni se mettre en colère. Dès que l'un de nous est contrarié, que papa fait un reproche à maman, elle trouve aussitôt quelque chose pour détourner la conversation. Comme si elle voulait fuir tout ce qui pourrait amener du négatif dans la maison.

Un ton de voix qui monte, et Cricri se met à fredonner. Une coupure au doigt, une chute, de ces petits trucs qui font un peu mal, et Cricri de lancer des « hou là là là là ! » mais jamais, au grand jamais, elle ne verse une larme. Pourquoi ? Quel est ce prodige ? Serait-elle moins douillette que nous ? Aurait-elle déjà pris conscience de ce que représente la vraie grande douleur, au point de refouler au plus profond d'elle-même ces petits bobos du quotidien ?

Bien sûr, mes parents se refusent à y croire, et ils ont une fâcheuse tendance à changer de sujet dès que je me risque à évoquer l'éventualité d'une intelligence différente, voire, parfois, supérieure à la nôtre. Une intelligence qui lui serait propre et que je perçois de tout mon être mais qui, hélas, ne peut s'exprimer que par le vocabulaire très restreint de son langage à elle. Comme une nouvelle langue que j'ai très envie de comprendre.

Au mois de juin, je dois passer mon BEPC. J'espère l'avoir afin de continuer mes études et entrer ensuite à l'école Normale. Ainsi, plus tard, je pourrai devenir institutrice pour m'occuper d'enfants « normaux » que je mélangerai avec ceux qui, comme Cricri, ne le sont pas.

Papa a trouvé l'idée judicieuse, ajoutant avec un sourire taquin que les instituteurs ont aussi beaucoup de vacances !

Maintenant, je peux l'avouer : j'avais pensé aussi à cet avantage non négligeable !

En septembre dernier, ma petite sœur a fait sa rentrée en maternelle et bien qu'elle soit la seule mongolienne de sa classe, la directrice a accepté de la prendre.

Cricri adore l'école. La plupart des enfants sont gentils avec elle parce qu'elle rit tout le temps. Elle apprend doucement à griffonner et à dessiner, parle moins bien et court moins vite que les autres, mais quand il faut chanter ou danser, la maîtresse la met au premier rang parce qu'elle chante très juste et possède un sens inné du rythme.

A la maison, il n'y a rien qu'elle n'aime tant que s'installer près de moi sur le grand tabouret de piano. J'ai cessé de prendre des cours avec Mlle Riveron.

Ce qui m'intéresse maintenant, c'est de chanter en m'accompagnant. Mes parents m'ont acheté des supers 45-tours de Gilbert Bécaud que j'ai vu à la télé et qui est ma nouvelle idole. Je chante d'abord en même temps que ses disques pour apprendre les paroles par cœur, puis j'essaie de l'imiter, en frappant fort sur mon piano.

Cricri s'amuse beaucoup à « faire le public », vautrée sur mon lit au milieu des poupées et des ours en peluche. Dès que ma chanson est terminée, elle applaudit bien fort et s'écrie : « A moi ! »

Alors on inverse les rôles. Quand elle a fini de chanter et de danser sur la chanson apprise le jour même à l'école et qu'elle sait déjà par cœur, c'est moi qui scande : « Une autre, une autre ! » en frappant dans les mains.

Un soir, maman vient nous demander de nous taire parce que papa n'entend pas ce qui se dit à la télé.

En rejoignant mes parents sur le canapé de la salle à manger pour écouter ce qui semble si important, tandis que Cricri, à l'instar de maman, demande à ses poupées de se taire, je ne vois sur l'écran qu'un monsieur qui répète souvent les mêmes mots : « Blablabla... trisomie 21... blablabla... trisomie 21... »

Sur le moment, je ne saisis pas l'intérêt soudain de mes parents pour ce discours. S'agit-il d'une nouvelle marque de voiture, pour que mon mécanicien de papa ait à ce point les yeux rivés sur le poste ? Ce n'est qu'en voyant défiler des photos d'enfants ressemblant tous étrangement à Cricri, que je comprends qu'il se passe quelque chose d'important.

J'ai mis longtemps avant de saisir clairement l'origine de la « maladie » de ma sœur. Tout ce que je retiens sur le moment, c'est d'abord qu'elle n'est pas la seule mongolienne sur Terre et ensuite que même si on a trouvé un autre nom à sa maladie, on n'a toujours pas de médicament pour la soigner.

L'invité de l'émission est le Pr Jérôme Lejeune. Il vient de découvrir, après des années de recherche, que le mongolisme est une conséquence de la « trisomie 21 [1] ».

« Alors ça, c'est bath ! nous lance papa, agacé. Quand on me demandera : " Comment va votre petite mongolienne ? ", je pourrai répondre : " Pas mongolienne, mon gars, trisomique 21 ! " Ça me fera une belle jambe ! »

Et excédé, il éteint le poste.

Mes parents décident néanmoins de prendre rendez-vous dès le lendemain avec ce Pr Lejeune de la télé.

« Sait-on jamais ? », me lance maman en me tendant mon pyjama, avec un sourire illuminé d'espoir comme je ne lui en ai pas vu depuis longtemps.

---

1. Dans les cellules dites « diploïdes » de l'homme sont disposées 23 paires de chromosomes, soit 46 au total. Chez le trisomique, on constate 3 chromosomes au lieu de deux dans la 21e paire. Pour plus de précisions consulter additif en fin d'ouvrage.

Des bonnes nouvelles...

En deux ans, j'ai changé deux fois d'école.

A trois ans et demi, je suis entrée à la maternelle de l'école publique de Taverny parce qu'on n'a pas voulu de moi à l'institut religieux de Sainte-Marie où était allée Ma-sœur quand elle était petite.

A quatre ans et demi, il a déjà fallu que je parte parce que je n'avais pas retenu suffisamment de choses pour être admise dans la classe supérieure.

Première bonne nouvelle : en faisant le marché, maman, Ma-sœur et moi, on a rencontré Mme Becker, institutrice à Saint-Leu-la-Forêt, ville voisine de Taverny. On la voit de temps en temps quand elle vient en voiture avec son mari faire le plein d'essence au garage. Quand maman lui a parlé de nos problèmes, elle a proposé sans hésiter de me prendre dans sa classe d'enfants « ordinaires ».

Deuxième bonne nouvelle : l'arrivée de deux nouveaux élèves, Sophie et Eric, qui, comme moi, ne ressemblent pas aux autres. Ils ont aussi les yeux en amande, et je ne comprends pas toujours ce qu'ils « baragouinent ». Mme Becker nous a installés au premier rang pour qu'on la voie bien. On aime bien notre nouvelle institutrice. Quand elle sent qu'on s'endort un peu, elle vient s'asseoir près de nous et prend le temps d'expliquer les choses avec des mots différents de ceux qu'elle emploie avec les autres élèves, et là, on comprend bien tout de suite.

J'ai commencé à lire et former les grandes lettres en faisant des bâtons ou des ronds avec mon crayon. Quand je dépasse, Mme Becker m'aide à gommer les morceaux en trop. Je sais même remplir de rouge, avec de la peinture, les toits des maisons, de jaune le soleil ou de bleu les vagues de la mer, que la maîtresse a dessinés avant au crayon, sur une grande feuille de papier à dessin.

Mon travail préféré, c'est quand on chante et qu'on danse en faisant la ronde autour des arbres, dans la cour de ma nouvelle école, pendant la récré. Avec Eric et Sophie, on retient plus vite que les autres enfants les paroles et la musique des chansons qu'on nous a apprises.

Aussi, quand je retrouve maman à la sortie de l'école, à peine sommes-nous dans la rue que je commence déjà à lui chanter ce que j'ai encore dans ma tête. On se tient par la main, et on balance les bras en mesure durant tout le trajet du retour, en ignorant le regard des gens qui se retournent sur notre passage. Une fois arrivée à la maison, j'attends Ma-sœur pour lui faire mon spectacle.

Lors de notre dernière visite au dispensaire, le Dr Monteau a expliqué que j'avais une « mémoire sélective ». Ça veut dire que je retiens surtout les choses qui m'intéressent. Il a conseillé à mes parents un nouveau traitement qui peut aider au développement de cette mémoire et dont il a entendu dire beaucoup de bien. Maman pense que c'est une bonne nouvelle.

Au début du mois de décembre, comme j'ai fait beaucoup de progrès à l'école, Mme Becker accepte que je m'absente une *semaine pour accompagner mes parents à Francfort, en Allemagne. Ma-sœur n'aura pas le droit de venir avec nous à cause de ses examens d'avant Noël et du zéro de conduite qu'elle a encore rapporté de l'école, malgré tous les dix sur dix qu'elle a presque partout. Alors, pendant notre absence, elle dormira chez pépé et mémé. Ça, ce n'est pas une bonne nouvelle. C'est la première fois qu'on va faire quelque chose sans Ma-sœur.*

Papa a sorti sa belle voiture, une Versailles bleu marine au toit blanc, achetée un peu cassée et qu'il a remise à neuf petit à petit avec Bernard, le carrossier, tous les lundis depuis la rentrée quand le garage est fermé.

J'aime bien cette voiture ; elle ressemble à celles qu'on voit dans les films américains, mais en plus petit. Ma-sœur trouve qu'à l'avant, on dirait qu'elle sourit avec sa grille de métal brillant qui fait comme une grande bouche au milieu des deux phares ressemblant à des yeux. Elle voit des visages partout, Ma-sœur : sur le papier peint de la salle à manger, dans les nuages quand on s'allonge sur le gazon du jardin... Dans le garage, elle m'a même montré des voitures accidentées qui ont la bouche de travers ou paraissent très en colère !

Je ne m'intéresse pas trop aux autos, mais j'aime bien voyager dans la Versailles qui sourit. Papa dit que si elle roule encore bien l'été prochain, on ira tous les quatre en Italie voir tous ses cousins que Ma-sœur et moi, on ne connaît même pas.

Mémère Jules ne voudra jamais venir avec nous parce qu'elle déteste les voyages, sauf pour aller au Tréport revoir de temps en temps son ancien orphelinat en haut de la falaise, ou mettre les pieds dans l'eau glacée après avoir marché, une chaussure dans chaque main, sur « sa » plage de galets.

Mon papa préfère de loin « sa » Méditerranée. Il a même proposé plusieurs fois à mémé de venir avec nous en camping.

Mais elle continue à penser que toutes les voitures risquent de se retourner, les trains de dérailler, les bateaux de couler et les avions de s'écraser ! En plus, elle n'a jamais fait de camping et de toute façon, elle a décidé qu'elle n'aimerait pas ça.

Elle exagère un peu car pépé m'a montré des photos où il faisait du tandem avec elle. Au cinéma de la maison, je l'ai même vue grimper à l'arrière d'un camion pour le baptême de Ma-sœur ! Et papa d'en conclure que sa belle-mère est une sacrée enquiquineuse, ce qui ne manque pas de faire bouder maman qui se vexe un peu à chaque fois.

Maman, elle, voudrait bien que toute la famille soit réunie à chacun de nos voyages, comme ça, en cas d'accident, on serait tous ensemble. Papa répond que ce serait vraiment bête de mourir tous en même temps, et demande qui s'occuperait du garage. Presque aussitôt, il éclate de rire en disant à son chou (c'est maman) qu'elle a parfois des drôles d'idées !

N'empêche qu'il a dû faire quand même très attention quand on est partis pour Francfort. Il y avait beaucoup de neige et la Versailles glissait souvent sur la route verglacée.

Papa nous avait prévenues que le trajet serait très long. Alors pour s'occuper, maman et moi, on s'est amusées à compter toutes les voitures rouges, les grises, les blanches. Du coup, le voyage nous a semblé plus court, et on est arrivés en Allemagne.

On dort tous les trois dans la même chambre d'un petit hôtel pas cher. Le lendemain matin, on se lève très tôt. A 7 heures, on prend notre petit déjeuner dans la salle à manger du rez-de-chaussée pour partir à 8 heures vers l'hôpital en briquettes rouges, situé au bout d'une grande avenue bordée de sapins blancs de neige, près d'un bâtiment gris qui ressemble un peu à une usine. J'ai bien reconnu ces trois couleurs au passage : les mêmes que celles des voitures qu'on a comptées sur la route avec maman. Papa a l'air surpris quand je le lui fais remarquer.

« Coïncidence ! » conclut-il en garant la voiture, tandis que maman semble fière de moi.

A l'intérieur du bâtiment gris, il y a plein de gens qui parlent dans une langue qu'on ne comprend pas, sauf un monsieur qui discute un moment avec papa qui ne connaît pourtant pas un mot d'allemand mais qui a l'air de bien se faire comprendre avec les mains.

Il m'épate drôlement, mon papa !

Après, on me conduit avec mes parents dans une petite salle pour m'allonger bien confortablement dans un fauteuil rehaussé de coussins de toutes les couleurs. Une dame pose une espèce de flacon piqûre sur une petite table à côté de moi. Papa m'explique qu'il y a dedans des « cellules fraîches ». Maman dit que ce sont des petits veaux qui m'en font cadeau pour que je grandisse plus vite. Elle ajoute qu'ils sont logés tout près, dans un endroit dont j'ai retenu le nom parce qu'il n'est pas beau à dire : « abattoir ». Je n'ai même pas le droit d'aller voir les petits veaux pour leur dire merci.

Autour de moi les gens continuent de parler dans cette langue qui écorche un peu mes oreilles. Leurs flacons piqûres me font mal, mais je ne pleure pas. Je ne pleure jamais. Je fais juste des « ouille ouille » et des « aïe aïe aïe ».

Ceux qui s'occupent de moi sont habillés en blanc comme les messieurs qui travaillent avec le Pr Lejeune que j'ai rencontré, je ne sais plus quand, à l'hôpital Necker, à Paris, peu de temps après le fameux soir où il a parlé de sa découverte à la télé. A part que ce jour-là, j'ai compris tout ce que me disait le professeur et que jamais il ne m'a fait mal, lui ! Mais il n'a jamais trouvé de nouveaux médicaments à me donner non plus.

Nous passons donc une semaine de ces drôles de vacances où chaque jour ressemble au précédent. Sept jours durant lesquels je ne mets pas le nez dehors; mais sept jours complets avec mon papa qui m'observe d'abord attentivement, puis me sourit, me parle enfin et joue même avec maman et moi aux petits chevaux! Je voudrais que ces moments-là durent toute la vie et que Ma-sœur soit là aussi, bien sûr, pour voir mon papa quand il s'occupe de moi et que maman nous fait son beau sourire.

Au septième jour, tous les médecins ont l'air d'accord pour me trouver en pleine forme et nous annoncent qu'on peut rentrer à Taverny.

Je crois qu'à partir de maintenant, quand les gens demanderont à papa si ça va, au lieu de répondre par un grognement, il dira : « Au poil! » en levant son pouce pour faire comprendre que ça va vraiment bien!

Une autre bonne nouvelle : je ne fais plus pipi au lit! Ce que je m'empresse de signaler à Ma-sœur avant même de lui dire bonjour, dès que j'arrive à la maison.

Elle me jure sur la tête de notre petit chien, le caniche Teddy, de ne pas oublier d'en parler au Père Noël dans la lettre qu'elle va lui écrire pour moi.

Ça, c'est une bonne nouvelle, alors!

Cher Père Noël,

Voilà trois ans que j'ai appris que tu n'existais pas. J'ai quatorze ans maintenant. Mais je ne suis pas rancunière puisque je t'écris quand même.

Et si je t'écris aujourd'hui, c'est pour te parler de ma petite sœur Cricri qui a bientôt cinq ans. Tu dois être bien occupé avec tous les autres enfants, mais cette enfant-là n'est pas comme les autres.

Elle est plus sage, plus souriante, plus affectueuse, plus douce, plus gentille... Elle est... tout plus que les autres !

Alors dis-moi pourquoi dans la rue les gens n'osent pas la regarder, et encore moins lui parler ? Pourquoi maman doit-elle se cacher pour qu'on ne voie pas ses larmes ? Pourquoi papa se sent-il coupable d'avoir une enfant atteinte de la « trisomie 21 » ? Pourquoi, au collège, certains m'appellent parfois « la sœur de la folle » ? Qui sont les plus fous, dans ces moments-là ?

Alors que ma sœur sait mieux que quiconque des tas de choses : elle se souvient du prénom des gens qu'elle n'a croisés qu'une fois, du nom des acteurs, du titre des films, du nom des chanteurs, des paroles et de la musique des chansons, des dates de naissance des amis, des marques des voitures et pourrait nous donner à tous des cours de danse. De toutes les danses.

Bien sûr, elle a mis plus de temps que les enfants de son âge pour apprendre à marcher, et on ne comprend pas toujours ce qu'elle veut nous dire. Est-ce sa faute ? Est-ce la nôtre ?

Si je t'écris aujourd'hui, c'est qu'on a besoin de toi. Celui qu'on appelle « le bon Dieu » nous a un peu délaissés depuis quelques années.

Aussi, pour notre Noël et celui de milliers de familles comme la nôtre, pourrais-tu partir à la rencontre de ces grandes personnes qu'il faudrait convaincre d'ouvrir des écoles spécialisées, pour Cri-cri et ceux qui, comme elle, ont besoin d'une éducation et d'un environnement appropriés ?

Et dire au monde qu'il arrête d'avoir peur des Cri-cri ; qu'il ne détourne plus son regard, qu'il reste sur le même trottoir et, s'il ose, qu'il sache qu'il peut même leur adresser la parole et qu'il entendra toujours en retour un petit mot gentil...

Dis-lui aussi, à ce monde-là, qu'on pourrait tous s'offrir un beau cadeau pour Noël, tu sais, celui qui fait chanter à la Terre entière ses plus belles chansons : on appelle ça l'amour.

Pour les autres cadeaux, on s'en occupe !
Merci à l'avance, cher Père Noël
Je t'embrasse.

Lily

P.S. : j'ai juré à Cricri de ne pas oublier de te dire qu'elle ne fait plus pipi au lit !

Salut les copains !

Dès le mois de septembre suivant, la première classe pour handicapés mentaux s'ouvrait à Saint-Leu.

Le Père Noël n'y a pas été pour grand-chose et le bon Dieu encore moins.

C'est Mme Becker, notre bonne fée qui, aidée d'une association de parents d'enfants handicapés dont maman fait partie, a convaincu la mairie de mettre à notre disposition une classe spéciale.

Il a donc été décidé que les parents ayant du temps libre, assistés de quelques éducateurs spécialisés, se relaieraient pour apporter un enseignement approprié à chacun de ces élèves pas comme les autres.

Un bémol, toutefois, dans l'euphorie du moment. La mairie a jugé préférable d'ériger une clôture de séparation dans la cour de récréation ! Pour des raisons de sécurité. C'est ce qu'ils ont dit à maman.

Ce besoin d'une « sécurité » a été exprimé par les parents, encore une fois mal informés, des autres enfants dits « normaux ». Peur d'une agression possible de la part de nos « attardés ».

C'est ainsi que, à chaque récréation, on pouvait observer, entre les hauts barreaux de bois, une vingtaine de paires d'yeux lorgner ce monde auquel ils n'avaient pas accès. Je me suis souvent demandé lequel de ces deux camps était le plus handicapé.

Bref ! La pseudo-cohabitation étant définie comme telle, nous nous sommes plutôt préoccupés de nous mettre en quête d'un établissement plus adéquat pour l'année suivante. Un endroit où l'égalité serait enfin de mise.

Un an de sursis.

A la maison, c'est un peu le branle-bas de combat, entre les réunions associatives et les va-et-vient de maman qui écume la région avec sa petite auto à la recherche d'un centre spécialisé, et mon père surchargé de travail avec le garage.

Mes activités sont de moins en moins scolaires et de plus en plus musicales depuis qu'au mois de juin j'ai décroché mon BEPC. Succès récompensé par un beau voyage en Italie pendant la période des jeux Olympiques de Rome, avec la Versailles et la caravane que papa a construite de A à Z.

L'inaction faisant partie des loisirs inconnus dans la famille, j'ai profité des périodes « coup de feu » de mes parents pour monter un groupe vocal avec trois filles de ma classe. Nous avons donc passé le reste de l'été en répétitions dans la salle à manger. Je me suis nommée d'office responsable du choix du répertoire, des arrangements vocaux, de l'accompagnement au piano, de la mise en scène, de la chorégraphie et de la direction artistique du groupe ! Ainsi, les filles n'auront plus qu'à chanter. C'est l'époque où mes parents commencent à me surnommer « Moi-toute-seule » en constatant l'autorité avec laquelle je prends les choses en mains !

J'ai choisi un répertoire très éclectique, de *Itsy, bitsy, petit bikini* à *Hello ! Le soleil brille* en passant par les *Vertes Campagnes* des Compagnons de la Chanson, le *What'd I say* de Ray Charles ou le *Crazy Love* de Paul Anka. Chorégraphies des danses du moment incluses et mises en scène par bibi !

Il ne nous reste plus, à la fin de l'été, qu'à trouver des galas où nous produire... J'ai décidé de m'en charger et d'en parler au curé de la paroisse. Il organise souvent des fêtes auxquelles je participe depuis ma prime enfance, a béni ma communion solennelle et baptisé ma sœur. Cette fois, j'ai à lui proposer un travail digne des professionnels !

Aidée de mon papa-mécanicien-régisseur, j'enregistre mes premiers play-back orchestre « maison » (en l'occurrence mon accompagnement au piano sur une bande magnétique) pour les spectacles où il n'y aura pas forcément de piano.

Chaque dernier samedi du mois depuis le début de septembre, je regarde avec envie une émission à la télévision qui s'appelle « Le Petit Conservatoire de la chanson de Mireille », où l'on découvre des nouveaux chanteurs.

Maman regarde avec moi en tricotant un nouveau pull pour Cricri pendant que celle-ci lâche son crochet pour se mettre à danser dès qu'une chanson commence. Mais Mireille a cette fâcheuse habitude d'interrompre ses jeunes artistes au bout de quelques mesures. Et Cricri de stopper net sa chorégraphie en levant les bras au ciel d'un air désolé, ce qui me donne l'idée de l'imiter, puis c'est à maman de faire de même tandis que Cricri éclate de rire.

Et un samedi par mois, c'est le même rituel à 18 heures devant « Le P'tit Cons' » de Mireille, imperturbable dans notre petit écran.

Ma mère trouve que je chante « largement aussi bien, sinon mieux » (normal, c'est ma mère !) que cette grande et mince jeune fille timide, long pull, minijupe noire et cheveux longs, qui se cache derrière sa guitare et que Mireille appelle « Mlle Hardy ».

Je n'ose pas trop contredire maman. Elle fait partie de cette génération qui apprécie plutôt les chanteurs dits « à voix » et sur lesquels elle peut faire la tierce [1]. Pour ma part, j'ai toujours attaché plus d'importance aux paroles et à la musique qu'à la performance vocale des interprètes.

Mes maîtres en matière de chanson ont changé de style et de nationalité. Hormis Bécaud, Aznavour et Piaf que je continue de vénérer, j'ai relégué les Mariano, Guétary et autres 78-tours usés dans un carton, loin du tourne-disques de la salle à manger pour laisser la place aux supers 45-tours d'Elvis Presley, Paul Anka, les Platters ou Ray Charles qui sont avalés

---

1. Seconde voix que l'on superpose sur une mélodie à un ton et demi ou deux tons de la note d'origine.

régulièrement par le mange-disques Teppaz bleu turquoise installé dans la chambre, rénovée par mon père du sol au plafond, que je partage depuis peu avec Cricri.

J'ai recopié phonétiquement sur un cahier à spirales les paroles anglaises des chansons que j'aime et que j'envisage de travailler avec mon groupe. Le résultat n'est pas vraiment celui escompté, à en juger par les applaudissements accompagnés de grands éclats de rires de ma chère petite sœur à la fin de chaque nouvelle prestation en solo, réservée en priorité à Cricri. A mon grand regret, celle-ci préfère de loin quand on chante en français, et voudrait se marier, selon son humeur du jour, avec Johnny Hallyday, Richard Anthony ou le jeune chanteur des Chaussettes noires, Eddy Mitchell.

Mais son préféré c'est surtout Patrick Duffy, qui ne chante pas mais qu'elle ne rate jamais à la télé dans la série *L'Homme de l'Atlantide*. Dès que démarre le générique du feuilleton, le ciel bleu sur nous peut s'écrouler, comme le chante Edith Piaf, la seule chanteuse française qui m'ait émue aux larmes.

Mais dans la famille « Dodo » (c'est ainsi que nos amis nous surnomment), les larmes, on oublie ! Pour ne songer qu'à la prochaine fête...

Ma première surprise-partie (la même que dans la chanson de Sheila !) se déroule dans le jardin de mes grands-parents pour fêter ma rentrée en seconde au nouveau lycée.

Mes invités : une vingtaine de garçons et filles de Taverny et des environs, tous dans la même école depuis la communale. Même que Mémère Lucie a failli perdre le peu de dents qui lui restait en entendant ce qu'elle appelle, avec la délicatesse qu'on lui connaît, de la « musique de nègres » !

Pépère Jules a fait mine de ne rien entendre, comme il sait si bien le faire dès que ma grand-mère entame ses vocalises. Et c'est juché sur son échelle, la tête dans les plus hautes branches de son arbre, qu'il finit de remplir le panier d'osier des magnifiques cerises qu'il nous destine, me jetant de temps à autre, à travers le feuillage, des clins d'œil complices.

Cricri ne se fait pas prier pour être la première à plonger ses mains dans le panier, sûre ainsi d'y trouver facilement deux belles paires de cerises boucles d'oreilles puis, dédaignant notre rituel ballet des marquises que je commence à esquisser dès que je suis parée de même, elle opte d'emblée pour un twist en hurlant : « Salut les copains ! »

Cricri est de toutes les fêtes sans que cela n'ait jamais posé de problème à qui que ce soit. Tous mes amis l'ont adoptée et celle que d'aucuns appelaient « la folle » est devenue la mascotte du clan des copains, dansant avec nous, même le twist qu'elle maîtrise parfaitement, le cha cha, le « 3-3-2 » puis, un peu plus tard, les autres madison et hully gully qui font la gloire de nos sixties.

Mais là où sa joie est à son comble, c'est quand un garçon l'invite à danser un slow, à la fin duquel elle ne manque pas de poser l'incontournable question : « Tu veux te marier avec moi ? » laissant souvent un cavalier bien perplexe face à ce Poil de carotte de six ans qui l'appelle « mon amour » !

Mes amis ne s'offusquent pas pour autant et jouent le jeu en affirmant d'un air solennel : « Bien sûr, Cricri, mais quand tu seras grande ! »

C'est ainsi que, durant quarante années encore, Cricri s'inquiètera de savoir quand elle sera grande.

Papa, maman, Ma-sœur et moi !

En attendant qu'on me dise que je suis enfin grande, j'ai appris plein de choses nouvelles. D'abord dans la classe de Mme Becker, puis l'année suivante dans une école spéciale à Deuil-la-Barre, puis deux ans plus tard à Conflans-Sainte-Honorine.

Avec Eric et Sophie, nous formons toujours un trio inséparable et restons les plus forts pour chanter, danser et trouver les noms des acteurs qui passent à la télé, alors que les autres ne s'en souviennent même pas.

Comme nos écoles spéciales sont toujours un peu loin, maman fait souvent le « taxi » pour remplacer les parents qui travaillent encore à l'heure de la sortie et, après avoir déposé chacun chez soi, on s'installe, maman et moi, dans le canapé du salon pour lire mon journal préféré, Télé 7 Jours, *jusqu'à ce que Ma-sœur rentre de sa nouvelle grande école.*

Dès qu'elle a posé ses affaires, on joue au jeu des programmes. Je suis incollable et c'est moi qui réponds le plus vite ! Ma-sœur m'appelle « le Lucky Luke de la télé » ! Il suffit qu'elle ou maman me demandent quel jour passe telle ou telle émission, je réponds tout de suite en précisant même l'heure, le nom du présentateur ou celui des invités que j'ai retenu par cœur.

Je suis très fière parce que papa avoue aussi que je suis la plus forte, surtout sur les émissions de variétés. Il y en a deux qu'on ne rate jamais : « Trente-six Chandelles » de Jean Nohain et André Leclerc, et « La Joie de vivre » d'Henri Spade. Ma-sœur dit que c'est comme au Châtelet, à part qu'au Châtelet il n'y a pas de présentateur et que les chanteurs ont de plus beaux costumes que ceux qu'on voit à la télé.

Moi, le Châtelet, je n'y suis jamais allée. Papa a dit qu'on irait tous ensemble quand je serais plus grande. Je commence à en avoir marre d'être si longtemps petite !

Ma-sœur a quinze ans et mesure un mètre soixante-dix. Il paraît qu'elle a arrêté de grandir à douze ans, et je n'en ai que six. Je ne sais pas si c'est long d'attendre encore six ans pour être grande comme elle...

Il y a des choses qui me paraissent longues et d'autres très courtes.

Les choses longues, c'est quand je suis à la maison et que Ma-sœur n'est pas là, ou qu'on roule en voiture et qu'on n'arrive pas encore au bord de la mer, ou quand je suis à l'école et que maman doit venir me chercher.

Les choses courtes, c'est quand on me réveille le matin et que je voudrais encore dormir, ou quand on a fini de manger et que j'ai toujours faim ; mais surtout quand il faut arrêter de jouer, de chanter, de danser ou de regarder la télé.

La pire des choses courtes, c'est quand on met les valises dans la voiture parce que les vacances sont déjà finies. Là, j'aimerais que ça ne s'arrête jamais et qu'on reste entre nous, ou avec des amis à faire la fête ou des balades en voiture jusqu'en

Italie, et nager, et danser... et dormir... jusqu'à ce que je sois grande !

Ma-sœur dit que ce n'est pas possible et qu'il n'y a que la Belle au Bois dormant pour réussir des choses pareilles.

Avec tout ce que je dors, je devrais bien y arriver !

En tout cas, elle a de la chance, Ma-sœur. A quinze ans, elle va sûrement arrêter l'école. Finalement, elle ne veut plus être institutrice. Elle veut faire chanteuse ! En attendant, mes parents ont décidé de l'inscrire dans un cours de secrétariat le matin à Saint-Leu pour qu'elle ait « un vrai métier dans les mains ». Faire chanteuse, il paraît que c'est pas sûr de durer. C'est mon papa qui l'a dit. Et puis si elle rate son nouveau métier, elle pourra toujours faire la secrétaire du garage pendant que maman se reposera un peu.

Papa pense qu'elle pourrait même être monitrice d'auto-école s'il aménageait la buanderie pour en faire un genre de boutique sur la rue. « LILY AUTO-ECOLE *» ! Ah oui ! Ça ferait drôlement bien !*

Je ne sais pas ce que je choisirai de faire plus tard, à part une chose dont je suis déjà certaine, c'est de vouloir me marier !

Pour le moment, je n'aime pas trop travailler. J'aide un peu maman à faire mon lit le matin et à mettre la table, mais pas trop car je suis maladroite et je me fatigue vite, à ce que dit maman. Et moi, ça m'arrange !

Alors je regarde plutôt les gens qui vont travailler. De temps en temps, les jeudis matin où il fait doux dehors, Ma-sœur s'installe avec moi sur notre « balcon-jardin » de la salle à manger, et ensemble on observe ceux et celles qui descendent la rue pour aller prendre le train de Paris, à la petite station de Vaucelles, à seulement trois cents mètres de la maison.

On voit d'abord passer ceux qui marchent normalement, puis vient le moment qu'on préfère : celui où commence le défilé de ceux qui risquent d'être en retard, qui pressent d'abord le pas puis courent de plus en plus vite.

On a remarqué que ceux-là, ce sont toujours les mêmes; alors, avec Lily, on leur a donné des surnoms. On a l'Epouvantail, la Sorcière, Fantômas, Ribouldingue... et Rouletabille dont Ma-sœur dit qu'il finira par s'envoler avec son grand imperméable de Tintin reporter, son chapeau de gangster et sa serviette en cuir. Je voudrais bien être à la fenêtre ce jour-là! Autant de gens qui, comme moi, préféreraient sûrement continuer à dormir plutôt que d'aller travailler.

Le reste du temps, quand Ma-sœur est avec ses copains et que je ne suis pas à l'école, je regarde la télé ou j'écoute « Salut les copains » à la radio pendant que maman, assise à côté de moi dans le canapé, détricote des pulls devenus trop petits pour Lily pour en faire un beau pour moi. Elle dit que, comme ça, on fait des économies. J'ai demandé à maman de me montrer comment on tricote, et elle a dit oui. Quand je saurai bien faire le point mousse, je tricoterai d'abord une très grande écharpe à Ma-sœur pour qu'elle ait bien chaud à sa voix. Après j'en ferai une pour maman, mais plus petite parce qu'elle ne sort pas beaucoup. Papa, lui, n'en a pas besoin, il travaille dehors et n'attrape jamais froid.

Le mercredi, quand maman va prendre le train de Paris pour accompagner Ma-sœur à son premier cours de chant au-dessus du théâtre des Capucines, elle me dépose chez sa copine Yvette où je retrouve mon copain Willy. Ils sont très gentils tous les deux, mais Willy doit toujours terminer ses devoirs avant de jouer. Alors j'attends, en regardant la télé dans le fauteuil à bascule que j'aime bien faire grincer, qu'il ait fini d'apprendre sa récitation par cœur et de calculer ses opérations sur son cahier à carreaux.

Après, on s'installe par terre sur le tapis de sa chambre et j'ai le droit de le regarder jouer aux petites voitures ou au train électrique que lui a installé son papa dans un coin de la pièce. C'est même moi qui fais tous les bruits avec ma bouche, du « vroum vroum » des voitures au « tchou tchou » de la sirène du train. J'essaie quelquefois de chanter à la place, mais Willy m'arrête aussitôt. Il assure que ni les voitures ni les trains ne chantent. Je sais bien, moi, qu'il dit n'importe quoi car on chante tout le temps en voiture, avec la radio de mon papa.

J'ai même chanté un jour dans le train avec maman. A l'arrivée, on a bien vu que les gens assis à côté de nous au départ avaient changé de place. Sûrement qu'on avait fait trop de bruit pendant le voyage parce que moi, quand je chante, je chante fort. En tout cas, ils nous regardaient bizarrement, comme s'ils n'avaient pas aimé nos chansons.

Heureusement, je ne reste jamais très longtemps chez Willy. Comme on n'y écoute pas beaucoup de musique, je m'y ennuie un peu et je suis toujours très contente lorsque maman vient me rechercher après qu'Yvette m'a cuisiné un bon dîner.

Moi, quand je rentre de mon école spéciale, je n'ai jamais de travail à faire à la maison. C'est une école formidable ! Sans devoirs !

Quand je dis ça à Willy, il me répond que c'est normal parce que c'est une école pour handicapés. Je ne sais pas ce que veut dire ce mot que je n'aime pas.

J'ai déjà entendu les docteurs parler avec mes parents de « handicapés ». Ces docteurs chez qui on va souvent même si je ne me sens pas malade du tout.

Juste avant Noël dernier, papa et maman nous ont emmenées, Lily et moi, voir un spectacle à Paris et je me suis régalée, dans mon siège rehaussé sur la banquette arrière de la voiture, à regarder toutes les lumières. On est passés devant la tour Eiffel, l'arc de Triomphe, la place de la Concorde et on a longé les quais de la Seine jusqu'à Notre-Dame.

A chaque fois que papa nous donnait le nom d'un monument, on s'amusait, maman, Ma-sœur et moi, à hurler des « oh ! » à gauche, et des « ah ! » à droite. Papa a dit qu'on avait l'air de vraies touristes. J'adore faire la touriste la nuit à Paris !

Après avoir tourné plusieurs fois autour du théâtre pour trouver une place pour se garer, on est entrés dans une belle salle aux murs couverts de dorures et, par terre, plein de rangées de fauteuils rouges, comme au cinéma de Taverny mais en plus grand. Puis le rideau rouge s'est ouvert.

Sur scène, il n'y avait que des petits et des grands enfants qui jouaient la comédie, chantaient et dansaient. « On dirait des frères et sœurs de Cricri », a fait remarquer Lily à papa et maman qui regardaient le spectacle sans rien dire.

Moi, je ne les trouvais pas très beaux. J'ai seulement constaté que ces soi-disant frères et sœurs adoraient la musique autant que moi. J'ai d'ailleurs regardé tout le spectacle debout, les deux mains agrippées au rebord du balcon, à chanter et danser en même temps qu'eux.

A la fin, un monsieur qu'on appelait « président » est monté sur la scène et, allongeant la main vers les enfants restés près de lui, a lancé : « Je vous demande un grand bravo pour nos handicapés ! »

Ce jour-là, j'ai pensé que ce mot devait s'adresser aux gens qui aiment surtout la musique. Mais Ma-sœur on l'appelle

Lily, et pourtant elle aussi, elle adore la musique ! Tout ça est trop compliqué pour moi. Alors allons-y pour handicapée. Ça change un peu de Cricri par-ci, Cricri par-là.

Tous les artistes du spectacle sont alors descendus dans la salle pour distribuer des cadeaux aux enfants du public, certains sont même montés jusqu'au deuxième balcon, là où nous étions. Lily a reçu un puzzle de château et moi un disque des Compagnons de la Chanson. Sur le disque, il y avait Le Marchand de bonheur *que Ma-sœur répète avec son groupe de filles pour le spectacle du mois de mars prochain au cinéma d'Enghien-les-Bains. Lily m'a demandé si je voulais bien échanger son puzzle avec mon disque. Evidemment, j'ai dit oui tout de suite ! Ma-sœur déteste les puzzles, elle trouve que c'est trop long à faire. Moi, j'ai la patience qu'elle n'a pas pour les assembler jusqu'au dernier morceau.*

Quand le beau lustre s'est rallumé, tout le monde s'est retrouvé dans le grand hall où jouait un orchestre, et on a fait bal. On y a même retrouvé Eric et Sophie avec leurs parents et plein d'autres copains et copines de mon école.

Ça, c'est vraiment un beau Noël d'avant le vrai, à ranger dans les choses trop courtes !

Une vie douce et tranquille...

Notre vie a pris son rythme de croisière, douce et tranquille, avec son lot de joies et de petites misères, presque la même que celle des gens « ordinaires ».

Papa entre garage et bricolage, maman entre factures et couture, moi entre musique et musique, que ce soit pour écouter les derniers 45-tours du moment chez mes copains de lycée, pour danser dessus dès qu'une surboum est organisée ou pour m'accompagner au piano en chantant dans les fêtes locales.

Et au milieu de ce nouveau quotidien, Cricri sourire, Cricri tendresse, toujours en quête d'affection, toujours prodigue de câlins, toujours prête pour que chaque instant passé près de nous se transforme en fête.

Et des fêtes, il y en eut certainement plus chez nous que dans n'importe quelle autre famille.

Côté études, l'emploi du temps a changé du tout au tout maintenant que j'ai quitté le lycée. Tous les samedis et dimanches matin, pour me faire de l'argent de poche, je sers de l'essence aux clients du garage qui me gratifient le plus souvent d'un royal pourboire. Dès que j'ai empoché assez d'argent, je délaisse lâchement mon poste pour courir acheter le dernier 45-tours de Bécaud, d'Aznavour ou de Ray Charles. Les week-ends pluvieux, j'investis mes économies dans une place de cinéma pour y retrouver mes copains de lycée.

Parallèlement, maman m'a inscrite au cours de secrétariat de Mlle Guyot où je me rends tous les matins. Deux après-midi par semaine, elle m'accompagne au cours de chant Poggi, juste en face de l'Olympia. Avec un ami chanteur, débutant lui aussi, Gaston Ghenassia (qui deviendra Enrico Macias), on reste souvent plantés devant la façade magique, à contempler les grandes lettres rouges qui illuminent le trottoir en se disant que, si on a de la chance, notre nom sera peut-être accroché là un jour...

Au bout des quelques mois passés à me produire de temps à autre sur scène avec mes trois copines de classe, notre groupe vocal qu'on a appelé « Les V » (en référence aux encolures des pulls multicolores que nous portons sur scène lors des spectacles que nous proposons régulièrement dans la région), j'ai bien senti que les chers parents de mes trois amies se montraient de moins en moins enthousiastes à l'idée que leurs filles consacrent davantage de leur temps libre à la scène qu'aux études que, contrairement à moi, elles ont l'intention de poursuivre.

Ne voulant pas m'attirer les foudres de ces trois familles, de surcroît bonnes clientes du garage paternel, je décide, après en avoir longuement débattu avec mes amies, qu'il serait plus raisonnable de s'en tenir là, ce dont elles conviennent aisément et qui, je l'avoue, me procure un grand soulagement.

Cela dit, un problème demeure, et pas n'importe lequel : pour moi, il n'est pas question d'arrêter de chanter ! C'est ce moment précis que je choisis pour avoir enfin une conversation avec mes parents et leur expliquer ma ferme intention de continuer ma route en solo, et mon désir de postuler pour entrer au Petit Conservatoire de Mireille. Pour les jeunes débutants comme moi, cet endroit me semble la vitrine idéale pour se faire remarquer par les professionnels.

Mes parents ont malheureusement dû admettre mon peu d'attirance pour les études. Ils ont compris que la musique fait maintenant partie intégrante de ma vie. C'est pourquoi ils ne s'opposent pas à ma décision. Contrarier la vocation de leur fille serait pire que tout pour eux.

C'est en bondissant de joie que je pars donc poster mon courrier à Mireille.

Cricri est déjà folle de bonheur à l'idée de me voir peut-être bientôt à la télé, mais ne se rend pas trop compte des étapes à franchir auparavant, en l'occurrence « l'audition devant Madame de la chanson [1] ».

La convocation que je reçois en retour me propose de me présenter un jeudi de mon choix, au Studio du

---

1. *Chez Mireille*, chanson hommage écrite avec Claude Lemesle, lui-même ancien élève du Petit Conservatoire.

Ranelagh, à 18 heures. J'opte évidemment pour le jeudi suivant.

Curieusement, et cela sera le cas tout au long de ma carrière, j'ai rarement le trac avant les moments décisifs mais plutôt pendant, voire rétrospectivement après, me demandant parfois ce que je suis venue faire dans cette galère, et comment j'ai fait pour m'en sortir ! S'ensuit généralement une grande période de doute, de remise en question, de mini-dépression, aussitôt relayée par de nouveaux grands projets d'avenir. Démesurés au départ, plus modestes et plus facilement réalisables à l'arrivée.

Et depuis toujours, chaque fois que des besoins de changement ont envahi ma tête, m'empêchant le plus souvent de dormir jusqu'à ce que se déclenche le mécanisme magique qui permettrait leur réalisation, j'ai eu la chance inespérée de croiser sur ma route quelqu'un qui, sans le savoir, me confortait dans l'idée que la nouvelle orientation était la bonne.

C'est ce que j'appelle, depuis ma rencontre avec Mireille, « ma petite voix », et que d'aucuns qualifient plus simplement d'instinct ou de subconscient.

En pénétrant pour la première fois dans le studio de travail du « P'tit Cons' », je vois une douzaine de bancs occupés par des élèves de tous âges, dont certains visages me paraissent familiers pour les avoir aperçus à la télévision. Tout au fond, un très grand piano à queue noir, derrière lequel je reconnais le pianiste Robert Valentino. Tout près, debout devant son grand tabouret, se tient l'impressionnante bien que frêle Mireille, « Madame », puisque c'est ainsi que tous l'appellent ici. Je la trouve encore plus petite qu'à la télé.

Courageusement, je me présente. Mireille me demande mon âge.

« Quinze ans, madame. »

Je sais bien que la moyenne d'âge des élèves oscille plutôt entre dix-huit et vingt-cinq ans, mais me refuse à mentir.

« Je vous écoute, petite Donadel. »

L'adjectif réducteur dont vient de m'affubler Mireille m'agace immédiatement ! Moi qu'on a pris l'habitude d'appeler « ma grande » à la maison ! Zut alors.

Je décide pour une fois de mettre mon bel orgueil de côté. J'ai prévu d'interpréter un titre de Ray Charles, interprété depuis peu en français sur les radios par Caterina Valente, *Allelujah et il m'aime aussi*, en m'accompagnant au piano.

Contrairement à mes prévisions plutôt pessimistes, Mireille me laisse chanter ma chanson en entier, ce qui, à la télé, lui arrive rarement. Après avoir plaqué mon dernier accord, j'ai même droit à une ovation de la part des élèves.

« Bravo, mademoiselle Donadel ! Bienvenue au Petit Conservatoire. »

En m'adressant la phrase qui va bouleverser ma vie, Mireille n'a laissé transparaître aucun sentiment particulier. Elle me propose d'assister, si je le souhaite, au cours qui va commencer, en attendant d'y revenir chaque semaine.

Tu parles que je le souhaite !

Avant d'aller m'asseoir sur le banc du premier rang où deux élèves se sont écartés pour m'offrir gentiment une place, je cherche du regard maman qui se tient toujours debout près de la porte d'entrée. Dans un grand sourire, elle me fait cadeau d'un bravo aussi enthousiaste que discrètement muet.

C'est à ce moment précis que mes pensées se tournent vers Cricri. Quelle va être sa joie quand elle saura que « Ma-sœur » a réussi son premier vrai challenge musical !

Je pense aussi à notre voisine boulangère de Taverny, si distante depuis la naissance de ma sœur, si sceptique aussi à l'idée que chanteuse puisse être envisagé comme un métier d'avenir. Elle va en faire une tête ! Je m'en réjouis d'avance.

Et papa, bien sûr, qui sera forcément très fier quand nous lui raconterons cette belle journée en rentrant à la maison ce soir. Ce qui me vaudra sûrement une grande claque dans le dos en guise de félicitations !

En ce jour béni, j'ignore encore qu'il me faudra attendre six mois sur un banc. Six mois qui me paraîtront interminables. Le temps de découvrir que la « petite Donadel » est peut-être capable de composer ses premières chansons, comme une grande. Le temps pour que Mireille consente enfin à la faire chanter dans son émission mensuelle.

Le temps aussi pour que, un an et demi plus tard, le directeur artistique d'une grande maison de disques la remarque, et que se déclenchent enfin les plus beaux événements qu'une débutante ne peut encore imaginer du haut de ses quinze ans.

Ma-sœur à la télé

Depuis que Ma-sœur a décidé d'être une vraie chanteuse, on n'arrête pas de l'entendre dans la maison faire sa musique au piano.

Je l'ai vue enfin à la télé dans l'émission du Petit Conservatoire de la chanson. Ça n'a pas l'air trop fatigant ! On la voit bien dans chaque émission, mais juste assise sur un banc. Au premier rang quand même !

Elle a seulement à sourire et à applaudir à la fin des chansons de ses nouveaux copains chanteurs. Mais bon, elle passe à la télé, c'est le principal !

Puis un jour, elle nous annonce que le samedi suivant, ça va être son tour ! Elle chantera Moi j'suis née comme ça. *C'est Mireille qui a choisi.*

Alors là, moi je la connais bien cette chanson ! C'est même moi qui ai aidé à l'écrire : chaque fois que Lily mettait des paroles sur un nouveau couplet, elle me demandait de faire le magnétophone en lui rechantant tout ce qu'elle venait d'écrire, pour voir ce que ça donnait. Il faut dire que j'ai toujours beaucoup de mémoire quand il s'agit de musique.

Je suis vraiment très fière d'avoir aidé Ma-sœur !

Ce samedi à la télé, elle vient enfin de chanter notre chanson, en duo avec Daniel, un garçon que j'ai trouvé très beau et qui, paraît-il, n'est pas marié.

Elle a mis la jupe turquoise à bretelles que maman lui a vite faite spécialement, avec un beau corsage blanc à froufrous que Mémère Lucie a repassé et amidonné ce matin. Mais à la télé, c'est moins joli parce qu'on ne voit pas la jupe en couleur.

J'espère que Ma-sœur ne choisira pas ce Daniel comme fiancé et qu'elle l'invitera à la maison quand j'aurai un peu grandi !

Depuis que Lily chante chez Mireille, tous les gens qu'on rencontre me parlent d'elle. Même certains qui ne me parlaient jamais avant me font maintenant des grands sourires.

Finalement, je trouve tout le monde gentil et je voudrais que Ma-sœur passe encore plus à la télé.

Ça fait maintenant deux ans que Lily est entrée au Petit Conservatoire et qu'on peut la voir chanter presque chaque dernier samedi du mois. Il y a aussi Françoise Hardy, qu'on voyait déjà chez Mireille avant Ma-sœur, à part que Françoise, elle, a déjà enregistré un super 45-tours qu'on m'a acheté ; et qu'elle passe, en plus, dans les émissions d'Albert Raisner ou de Guy Lux avec les grandes vedettes. Je trouve que ce n'est pas très juste parce qu'elle ne chante pas fort avec sa guitare, bien moins que Ma-sœur au piano !

Après le dernier passage de Lily à la télé, un client du garage, chanteur dans un groupe vocal, a proposé à mon papa d'inscrire Ma-sœur pour une audition chez Pathé-Marconi, où il connaît un directeur artistique qui lui fera peut-être enregistrer un disque.

C'est vrai que depuis quelques mois, Ma-sœur a écrit beaucoup de nouvelles chansons. Celle que je préfère c'est Mon Petit Train de banlieue. *Dedans, elle raconte bien tout ce qu'elle voit quand elle prend le train pour aller à ses cours de chant. Et moi, je l'adore ce train qu'on prend, maman, Ma sœur et moi, pour aller une fois par mois faire des courses aux Galeries Lafayette, à Paris, ou pour aller voir chanter des artistes à l'Olympia, avec sa grosse locomotive noire et la lourde fumée blanche qui sort de sa cheminée.*

Je l'ai même dessiné sur une grande feuille à l'école. La maîtresse n'a pas reconnu tout de suite ce que c'était, mais quand je lui ai dit, elle a trouvé que mon train était très beau.

L'autre jour, comme on était impatientes de savoir si l'audition de Lily chez Pathé avait bien marché, on est allées l'attendre au train, maman et moi, à la gare de Taverny.

J'adore attendre Ma-sœur sur le quai et la chercher au milieu de tous ces gens qui rentrent du boulot et se bousculent pour rentrer plus vite chez eux. Maman me reprend toujours quand je dis « boulot » et pas « travail ». Pourtant, mon papa dit tout le temps : « Bon ! C'est pas l'tout, mais faut que je retourne au boulot ! » C'est pareil quand je dis : « C'est ballot », comme mon papa ; il paraît qu'il faut dire : « C'est dommage. »

Je ne comprends pas trop ces histoires que maman essaie de m'expliquer quand on attend sur le quai. Et j'oublie mes « boulot-ballot » en apercevant enfin Ma-sœur, qui me soulève pour me faire les quatre bises de quand on ne s'est pas vues depuis longtemps, alors qu'on s'est déjà embrassées le matin.

Ce jour-là, tout est encore mieux que d'habitude.

Elle me fait même tourner au bout de ses bras pour faire l'avion tellement elle a l'air contente ! Après que maman nous a demandé d'atterrir (c'est vrai qu'elle a peur de l'avion), Lily nous annonce enfin qu'elle a réussi son audition chez Pathé-Marconi et qu'ils ont décidé de lui raccourcir son nom pour en avoir un vrai d'artiste, dont on se rappellera mieux. Elle va s'appeler « Dona ».

Je trouve que « Lily Dona » c'est rigolo, parce que le nom d'artiste de mon papa, quand il était jeune et qu'il chantait pour s'amuser le samedi dans les bals, c'était Tony Dona !

Ma-sœur m'explique qu'en fait, elle va s'appeler « Alice Dona ». Moi, ça me fait un peu drôle parce que je ne l'ai jamais appelée Alice, ni mes parents non plus. Sauf papa, des fois, quand il fait celui qui est très en colère après elle et qu'on rigole doucement, maman et moi, sans qu'il le voie.

De toute façon, Lily Dona ou Alice, je m'en fiche. Quand elle sortira son disque et qu'on la verra tout le temps à la télé, je dirai à tous les gens que je croiserai : « C'est Ma-sœur qui chante ! »

Et ils seront tous très gentils avec moi.

Un grenier et un cœur

J'ai la chance de prolonger ma « vie de jeune fille » juste au-dessus de l'appartement de mes parents, dans le grenier que papa a pris soin d'aménager afin que j'y trouve toute l'indépendance nécessaire au développement de mes nouvelles activités artistiques.

Avoir enfin un endroit tout à moi pour y recevoir mes amis autant que mes nouvelles relations dans le monde de la variété, et surtout composer en paix sur le piano droit qu'on a installé dans l'entrée.

Quand elle a entendu que j'allais « déménager », Cricri s'est refermée un peu sur elle-même pendant quelque temps, se lançant dans le tricot à tout va devant la télévision, dans le divan dont elle ne décollait pas.

A présent le point mousse n'a plus de secret pour elle. Une écharpe pour maman, toujours de couleur unie et bien trop courte. Une écharpe pour moi, multicolore à souhait et toujours désespérément trop longue !

Lorsqu'elle a compris que ledit « déménagement » ne consistait qu'à changer d'étage, elle a pointé son nez une première fois, sous le prétexte de venir voir les travaux de papa. Puis une deuxième, et une troisième, pour opter finalement pour une séance de tricot en se posant tranquillement dans un coin sur une chaise.

L'arrivée des meubles campagnards et d'un grand divan fait alors jaillir de la bouche de ma sœur un vocabulaire jusque-là jamais encore utilisé.

« C'est magnifique ! C'est superbe ! Regarde, maman, c'est très magnifique ! »

Et maman de s'émerveiller bien plus de ces nouveaux mots que de la raison initiale de leur usage !

Cricri, qui câline de sa joue un grand coussin de soie, puis caresse du plat de ses mains le velours vert foncé du canapé, s'exclame d'une voix suave :

« Oh ! C'est tout roudoudou ! »

Et notre Cricri de se vautrer douillettement au plus profond du divan pour y entamer le tricot de ma énième trop longue écharpe...

Je partage désormais mes journées « off » entre mon grenier et l'appartement de ceux que j'appelle « mes voisins du dessous », mes parents, chez qui je continue de prendre mes repas, ne me sentant pas encore la fibre culinaire assez développée pour assumer totalement ma nouvelle indépendance, ce qui m'arrange plutôt !

Une chose m'a toujours intriguée à propos de la nourriture : alors que je suis un peu « chipoteuse », ôtant le gras du jambon ou de la viande, délaissant les légumes verts au profit des frites ou des pâtes, incapable de finir mon assiette alors qu'il y a – je te cite, maman – « tant d'enfants dans le monde qui ont faim », Cricri mange absolument de tout depuis toujours, ne se faisant guère prier pour reprendre un peu de rab, et allant parfois jusqu'à finir nos assiettes. On l'a même surnommée « miss Poubelle Girl » !

Cricri est parfaitement étonnante ! De même, à l'heure de se mettre au lit, elle va toujours se coucher sans rechigner. Et au réveil, elle est immédiatement de bonne humeur, quelle que soit l'heure et même par temps gris.

Vraiment tout mon contraire !

Puis vient le temps de faire mes bagages pour aller chanter sur les routes de France et d'ailleurs...

Mon père a alors établi son planning de vacances en fonction de mes itinéraires, repérant les campings les plus stratégiquement proches des lieux où je dois me produire sur scène. Là, il s'installe avec maman et Cricri dans la caravane, sans oublier le caniche Dicky, nouvellement arrivé dans la maison après que son prédécesseur s'est malheureusement fait écraser juste devant le garage familial. Paix à son âme !

Papa n'omet jamais d'emporter quelques outils, pour le cas où sa fille tomberait en panne de voiture. Ladite voiture étant la plupart du temps une bonne occasion que mon mécanicien de père a chouchoutée avant sa sortie du garage familial !

Il est vrai que les milliers de kilomètres parcourus chaque été ont souvent raison de la mécanique de mes jolies autos. Ce fut notamment le cas de la première, une pimpante Floride blanche décapotable à l'intérieur turquoise, dont la boîte de vitesses a rendu l'âme près d'un fossé, sur une interminable route des Landes !

Mon pauvre père se sent alors investi du devoir de replonger les mains dans le cambouis sous le chaud soleil de ses trop rares vacances. Cela ne l'enchante pas vraiment, mais maman et Cricri sont bien contentes de bousculer un peu le train-train habituel de l'été, surtout que tout se termine en général par des chansons, lors d'une mémorable fête au camping, en famille.

Merci à la musique, mais grand merci aux miens de m'avoir permis de retrouver de tels instants d'un bonheur tout simple, et de laisser au placard les paillettes et le paraître si tentants qui auraient pu me perdre dès mes débuts, si le milieu dont j'étais issue ne s'était constamment rappelé à moi.

C'est en vivant ainsi, toujours proche et toujours consciente de mes origines sociales, que j'ai pu échapper dès le départ à ce phénomène qu'on surnomme parfois, à très juste titre, « la grosse tête ».

Je passe alors le plus naturellement du monde d'un hôtel de luxe à mon sac de couchage, savourant avec une même délectation la cuisine gastronomique des grands restaurants dans de la porcelaine de Giens et les plats familiaux dans des assiettes en carton.

Mon bonheur atteint son paroxysme lorsque mes partenaires de scène, animateurs, jongleurs, chanteurs, musiciens, acceptent de venir partager notre déjeuner au camping, dans la plus grande simplicité, créant une animation imprévue qui fait la joie de nos voisins campeurs.

La plus heureuse est sans conteste Cricri qui a l'art de toujours savoir se faire adopter d'emblée, chantant à tue-tête, dansant sans relâche dès qu'un musicien prend sa guitare et qu'elle entonne avec nous le répertoire inépuisable de nos chansons populaires, dont elle connaît la plupart des paroles par cœur.

D'inoubliables moments de bonheur.

C'est en 1964, au cours d'une nouvelle tournée, que je fais la connaissance de celui qui va partager mon grenier de jeune fille et devenir le père de mes futurs enfants.

Chanteur de son état. Mon père eût préféré mille fois qu'il fût avocat, médecin, ou, le rêve suprême, mécanicien ! Mais mon cher papa ayant su tirer les leçons des épreuves qui ont jalonné sa vie, a compris que le bonheur est une denrée rare dont il vaut mieux profiter au jour le jour, sans se demander de quoi demain sera fait.

Il pense que l'épanouissement de sa fille aînée, même s'il doit se révéler mouvementé au sein d'une profession souvent éphémère, fait partie des priorités du moment.

« Pas de bébé avant d'avoir une maison bien à nous ! » C'est ce que nous nous promettions, Bernard et moi.

Mais en deux temps, trois mouvements (un peu plus, peut-être !), un bébé est conçu, ma grossesse confirmée par le gynéco, et la naissance annoncée pour la mi-février 1967. Un Verseau, comme moi. Un garçon évidemment, de l'avis de mon mari et de mon père, mes deux Italiens !

C'est le moment que choisissent, comme par hasard, producteurs et impresarii pour me renvoyer sur les routes ! Il est vrai que voulant profiter pleinement de mon nouveau statut d'épouse, j'ai quelque peu délaissé mes passages sur scène pour consacrer davantage de mon temps à la composition musicale, ce qui me permettait aussi de travailler chez moi.

Enceinte de quelques mois, je me vois donc proposer une tournée dans le Sud-Ouest, au titre de marraine d'une poupée concurrente de la célèbre Barbie. C'est ainsi que l'on peut voir l'ex-chanteuse yéyé promener son ventre déjà rond sur les routes de France, peu soucieuse de l'image qu'elle donne à son cher public retrouvé.

Jamais bébé ne s'est fait plus discret que le mien. Il faut dire qu'il n'avait pas trop le choix, sa mère bougeant largement pour deux.

Lorsque je ne suis pas sur les routes, on me trouve le plus souvent perchée sur un escabeau dans notre appartement-grenier, décrochant les rideaux, repeignant les murs, bricolant des étagères, au grand désespoir de maman, inquiète de l'état de santé du futur bébé, et de papa que son « boulot » occupe à plein temps et qui pense que c'est vraiment « ballot » de ne pas connaître le bonheur d'avoir un mari qui bricole, comme le chante à l'époque Patachou sur un texte savoureux de Georges Brassens.

Forte des cours d'accouchement sans douleur que j'ai scrupuleusement suivis, je passe la dernière visite obligatoire chez le gynéco, tricote du blanc plutôt que du bleu dans le cas où le garçon souhaité par mon mari s'avérerait être une fille, et prépare sereinement ma petite valise.

Le matin du 14 février, alors que nous envisageons de fêter le soir même notre seconde Saint-Valentin de couple marié par un bon dîner aux chandelles, en tête-à-tête, les prémices de l'accouchement se font ressentir. Et c'est en pleine nuit que mon mari, ma petite valise et moi démarrons sur les chapeaux de roue pour Enghien-les-Bains.

Il est 5 heures du matin lorsqu'on m'installe dans une jolie chambre pastel de la clinique. Vers 7 heures, les choses traînant en longueur, mon mari part à son travail en me promettant de m'appeler toutes les heures.

C'est seulement vers 9 heures que je sens comme une brûlure fugitive dans le bas du ventre. C'est également le moment que choisit maman pour me rejoindre, aussi excitée qu'inquiète.

Je pense soudain très fort à Cricri en cette journée inoubliable de la fête des amoureux. Et si le bébé n'était pas normal ? Et si la trisomie était héréditaire ? Bien que les médecins affirment le contraire, on a vu des cas de familles avec trois enfants dont deux avaient été touchés par le syndrome...

Entre chaque contraction, maman me parle de son premier accouchement dans l'ancienne maison de Pépère Jules et Mémère Lucie. Elle me raconte la sage-femme qui venait à domicile, et son accouchement « avec douleurs ».

« Ah ! Si tu savais ! De mon temps, les méthodes n'étaient pas les mêmes que celles d'aujourd'hui, et cela n'empêchait pas les bébés de venir au monde. Remarque, tu as pris ton temps... »

J'apprends ainsi que j'ai mis neuf mois et dix-huit heures pour arriver !

Et maman qui parle et parle encore, et maman qui me soûle de paroles ! J'entends sans écouter. Maman me parle de tant de choses ce jour-là. Peut-être ne m'a-t-elle jamais autant parlé ! Nous ne retrouverons certainement plus l'opportunité d'un tête-à-tête aussi long. Ce que je regretterai amèrement plus tard, naturellement, mais trop tard. Pas facile pour une fille de savoir saisir le moment opportun pour parler avec sa mère.

Force m'est de constater aujourd'hui qu'il n'est pas non plus facile pour une mère de faire parler sa fille !

Puis tout se passe alors très vite. Juste le temps de faire appeler le futur père qui débarque à 18 heures et, à 18 h 10, le bébé pointe son nez.

C'est une fille ! 3,8 kilos et 53 centimètres. Raphaëlle a des grands yeux tout ronds, de longs bras et de longues jambes. Instinctivement, je détaille son corps, tout me semble parfait. Je refuse qu'on me l'enlève pour la nuit sous prétexte de me laisser me reposer. C'est ma fille et pas question de prendre le risque qu'on me l'échange par erreur avec un autre bébé !

Cette soirée et les nuits qui suivirent comptent parmi les heures les plus intenses et les plus émouvantes de ma vie. Mon mari, tout à son émerveillement, a déjà oublié qu'il rêvait d'avoir un garçon !

Trois jours plus tard, je fête mes vingt et un ans. Je suis enfin majeure et Cricri est tata !

Appelez-moi « Tata » !

Enfin un vrai bébé dans la famille !

J'en avais un peu marre de faire semblant de jouer à la maman avec mes poupées. Là, c'est pour de vrai.

Elle s'appelle Raphaëlle, comme le saint apéro de Pépère Jules, mais elle c'est Ricci, pas Quinquina ! De toute façon, je l'appellerai « Fafa », ça va plus vite, ou « Ma-nièce », ou les deux !

Ma-sœur m'a même permis de venir la voir à la clinique d'Enghien. J'ai trouvé le bébé très petit et je ne sais pas si je pourrai bientôt jouer avec. Lily m'a dit que j'aurais le droit de lui donner le biberon de temps en temps, mais seulement dans trois mois, quand le bébé ne tètera plus.

Moi ça me fait quand même un peu peur, parce que ça bouge bien plus que mes poupées et qu'il faut lui changer les couches quand on sent que ses fesses sont mouillées.

Mémère Lucie dit que ça fait une « pisseuse » de plus dans la famille ! Des fois, elle est vraiment malpolie.

A la maison, depuis que Lily est rentrée, maman n'arrête pas de monter à l'étage du dessus pour voir comment va Ma-nièce.

Dès qu'elle me ramène de l'école, c'est mon tour d'aller faire un coucou à Ma-sœur.

Une chose que je n'aime pas, c'est quand le bébé pleure. Lily dit que c'est normal parce qu'il a sûrement faim mais qu'il faut attendre l'heure. Moi j'ai toujours faim et je ne pleure pas pour autant, mais bon ! Ma-sœur a sûrement raison.

En tout cas, quand je chante des chansons à Ma-nièce, je suis très fière parce qu'elle arrête aussitôt de crier, ce qui fait dire à Lily que je serai une bonne maman quand je serai grande.

En attendant, la mienne m'a inscrite au cours de danse de M. Foucrier à Taverny, avec des garçons et des filles un peu plus jeunes que moi. Je les trouve tous beaux.

Au début, ils ne me parlaient pas trop et j'étais toujours derrière eux pendant le cours. Puis un jour, j'ai eu une idée. Je leur ai demandé s'ils connaissaient Alice Dona. Après qu'ils m'ont presque tous répondu « oui », je leur ai dit : « Alice Dona, c'est ma sœur ! » Ça les a drôlement épatés. Depuis, ils me laissent me mettre au premier rang.

De toute façon, j'apprends plus vite qu'eux les pas avec la prof Danièle et ils n'ont plus qu'à faire comme moi derrière, alors...

C'est pareil à la piscine, où maman m'accompagne chaque semaine. Je nage bien plus longtemps et mieux que les autres. Il faudra que j'apprenne à Ma-nièce à faire Patrick Duffy dans L'Homme de l'Atlantide, *mais je ne sais pas si elle y arrivera. Le maître nageur dit que c'est très difficile et il ne comprend pas comment j'ai pu apprendre ça toute seule, juste en regardant le feuilleton à la télé. Il m'appelle « le poisson ». C'est vrai que c'est mon signe astrologique !*

En tout cas, avec tout ça, et l'école en plus, ça nous fait beaucoup de boulot, à maman et moi.

Ma-sœur dit que ça la fatigue de nous voir tout le temps courir à droite et à gauche. Evidemment, elle est obligée de rester souvent à la maison pour s'occuper du bébé. Parfois, quand il ne fait pas trop froid, elle monte jusqu'à la forêt en poussant le landau pour promener Ma-nièce. Mais moi, avec mes occupations, je n'ai pas trop le temps d'aller avec elle. Le reste de la journée, pendant que je suis à l'école et que mon beau-frère travaille à son nouveau bureau de Paris, elle compose des chansons, comme ça, pour rien. Elle dit qu'on verra bien et que ça servira sûrement un jour.

Les vaches maigres

La naissance de ma fille apporte une nouvelle période de légèreté et d'insouciance dans la maison. Raphaëlle ne cesse de m'émerveiller.

Délaissant quelque temps chanteurs, chansons, plateaux de télévision et show business, je l'allaite pendant trois mois. Mon mari a trouvé, avec deux anciens complices de son groupe vocal, un emploi dans une usine de routage. Il se lève à 5 heures pour ne rentrer qu'à 21 heures et voit peu sa fille. Un arrière-goût amer qui me rappelle mon père quand Cricri était toute petite, mais le motif était bien différent.

Nous traversons alors notre période dite de « vaches maigres ». Peu de revenus, exceptés mes droits d'auteur qui nous permettent seulement de payer les impôts de l'année précédente, hélas plus fructueuse que celle en cours, et nous découvrons les soucis bassement matériels de la vie de tous les jours.

Puis Bernard effectue son dernier voyage de « futur ex-chanteur » aux Etats-Unis. Un long mois de grande solitude pour moi, pendant lequel je m'efforce de noter dans mes cahiers à spirale les mélodies qui n'ont cessé de chanter dans ma tête, avec l'espoir qu'il en sortira quelque chose de plus concret, un jour ou l'autre.

Le jour tant attendu se présente en même temps que les fameux événements de mai 68.

Bien que cette période mouvementée mobilise beaucoup de mon temps pour faire le plein de ce qui pourrait venir à manquer – lait, couches et petits pots pour Raphaëlle, conserves et réserves en tous genres pour nous –, je me rends parfois aux réunions organisées par mes confrères chanteurs, dans les divers music-halls parisiens. C'est lors d'une séance à Bobino que je fais la connaissance d'un artiste que son interprétation d'une nouvelle version d'*Alouette, alouette*, adaptée par Pierre Delanoë, vient de rendre célèbre. Gilles Dreu, l'interprète, me demande si je n'aurais pas une chanson pour lui. Je réponds par l'affirmative et nous échangeons nos coordonnées pour nous revoir très prochainement.

Grâce à Robert Chabrier, mon manager et fidèle auteur, que je m'empresse de contacter pour lui faire écouter quelques musiques restées vierges de paroles, j'ai la chance de pouvoir proposer une chanson à Gilles Dreu en un temps record.

C'est ainsi que je découvre le bonheur d'entendre enfin ma première chanson interprétée par un autre que moi sur les ondes radio.

Un bonheur dont je ne me suis jamais rassasiée !

Cloclo, Sylvie et les autres

Ma-sœur fait des chansons pour plein de chanteurs ! Enfin, elle fait la musique. Mon préféré, c'est Cloclo. Il est toujours bien coiffé, même quand il danse avec ses Claudettes. Et surtout, il porte toujours des beaux costumes à paillettes ! A la maison, on ne le rate jamais quand il passe au Palmarès des chansons de Guy Lux ou dans les Numéro 1 des Carpentier. Lily a écrit une belle chanson pour lui : C'est de l'eau, c'est du vent. *j'aime bien les paroles qui, elles, ne sont pas de Ma-sœur mais de Pierre Delanoë. Pour aller chercher son texte, elle est même allée un jour avec sa voiture jusqu'à Deauville, pour faire écouter sa musique à Pierre Delanoë. Il lui avait donné rendez-vous là-bas parce qu'il y écrivait des chansons avec Gilbert Bécaud. Elle est revenue très contente que Pierre ait bien aimé sa musique, mais un peu déçue de ne pas avoir réussi à croiser son chanteur préféré !*

Depuis sa première chanson pour Cloclo, Ma-sœur en a fait encore au moins dix pour lui et pour d'autres aussi, Sylvie Vartan, Joe Dassin, Carlos... J'aimerais bien qu'ils viennent tous ensemble à la maison pour voir si en vrai ils sont comme à la télé. Lily dit que ce serait trop compliqué et que, de toute façon, ils ne seraient pas habillés pareil.

Alors j'ai découpé les photos des chanteurs de Ma-sœur dans les journaux que maman m'a achetés. Je les ai accrochées aux murs de ma chambre et tous les soirs, je leur souhaite à tous une bonne nuit avant de m'endormir.

Le 14 Juillet, en général, on est tous réunis dans la maison des Issambres, dans le Var. Le soir, on descend sur la plage pour voir le feu d'artifice et après, on va danser sur la place du marché de San-Peire.

Mais cette année, c'était un peu triste parce que le lendemain du bal, on a appris que le chanteur Luis Mariano était mort. Il paraît qu'on pourra toujours le voir à la télé mais qu'on ne le verra plus sur une scène. Papa a raconté qu'il a emmené Ma-sœur le voir au Châtelet quand elle était petite, pour la récompenser d'avoir bien travaillé à l'école.

Moi, je connais une seule chanson de Luis Mariano. On la chante de temps en temps, quand il y a des fêtes à la maison, et tout le monde reprend toujours en chœur le refrain : « Mexico, mexi... iiiiii... co ! » C'est rigolo !

Lily a dit que c'est au Châtelet qu'elle a vu pour la première fois des chanteurs avec des costumes à paillettes. Comme moi, quand on m'a emmenée voir Claude François à l'Olympia.

En août, Ma-sœur n'est pas venue longtemps en vacances avec nous parce qu'elle avait envie de partir un peu toute seule avec son mari. Ils sont allés en Grèce et on a gardé Raphaëlle aux Issambres.

Je me suis bien régalée en jouant à la maman avec elle. A la plage, je lui ai fait voir comment on nage sans bouée, mais Christian, le maître nageur, m'a dit qu'elle ne pourrait pas tout de suite faire comme moi parce que je suis beaucoup plus grande qu'elle. J'ai quinze ans et elle trois. J'étais très contente de me sentir un peu grande, pour une fois !

A la rentrée, un dimanche, Lily nous a fait voir les photos de ses vacances et m'a dit que j'allais être tata pour la deuxième fois ! Il paraît que le bébé a été fabriqué en Grèce. Ma-sœur m'a fait voir où c'était sur la mappemonde. Ça m'a semblé très loin et je me suis demandé pourquoi elle est allée là-bas faire un bébé, alors qu'on a aussi la mer et le soleil et qu'on peut sûrement fabriquer des bébés chez nous...

Je ne sais pas quelle tête ça peut avoir, un bébé grec ?

C'est bien des trucs de Ma-sœur, ça !

Serge

En décembre 1970, je suis sollicitée avec de nombreux autres compositeurs pour écrire une chanson pour l'Eurovision 71. La sélection définitive se déroulera en février et le grand prix en mai, quelques jours après la date prévue pour mon accouchement. C'est Serge Lama qui a été choisi pour représenter la France.

Dans mon esprit, Serge Lama représente le chanteur type « rive gauche », dans la lignée des Brel, Ferré, Barbara, mais en moins bien ! Il est vrai qu'à cette époque, j'ai peu de connaissance et de goût pour ce style de chanteurs.

Je me souviens d'avoir croisé Serge plusieurs fois dans la maison de disques que nous avons alors en commun. Je sais peu de chose de lui, si ce n'est qu'il a eu un grave accident de voiture dans lequel sont décédés sa fiancée et le frère d'Enrico Macias. Par miracle, il s'en est sorti presque indemne, et seuls son courage et sa ténacité lui ont permis de chanter à nouveau et de remarcher, même en claudiquant, malgré l'avis très pessimiste des médecins qui l'avaient quasiment condamné.

Ma chanson dite « pour l'Eurovision » est écrite avec Jacques Demarny et Henri Djian, et a pour titre *Un jardin sur la Terre*. Il me reste à la proposer à la présélection.

Avant cette dernière étape, et afin d'être sûre que la chanson colle bien avec l'interprète désigné, mon mari me convainc tout de même, un soir de début février, alors que mon ventre est déjà bien rond, d'aller écouter ce chanteur. Je ne l'ai jamais vu sur scène et il se trouve qu'il passe au cabaret de la Villa d'Este, tout près de la place de l'Etoile, depuis peu rebaptisée Charles-de-Gaulle en raison de la mort récente du général.

Ce soir-là, je suis loin de me douter qu'au lendemain de cette rencontre, ma vie de compositeur va basculer et me permettre de réaliser mes rêves de musique les plus fous et les plus beaux.

Découvrir Serge Lama sur scène, c'est comme se libérer enfin de toutes les émotions que l'on gardait bien enfouies au fond de soi. Avec des mots simples, directs et pourtant si parfaitement écrits, il nous transporte avec délices du rire aux larmes. Ce soir-là, je comprends enfin ce que signifie une « chanson à texte », définition qui avait plutôt pour moi une connotation « intellectuelle », donc hors de ma portée !

C'est grâce à Serge que j'ai ensuite commencé à m'intéresser sérieusement à Brel et Brassens dans un premier temps, puis à tous les grands créateurs. Rien que pour ça, merci !

Enfin, le miracle se produit : mon *Jardin sur la Terre* est sélectionné et, le 2 mai 1971, c'est devant mon poste de télévision que je regarde avec une vive émotion le passage de Serge au grand prix Eurovision qui, cette année-là, se déroule à Dublin. Hélas, il ne se placera que onzième.

Ce piètre classement ne nous affecte guère puisque nous avons déjà écrit, dans la foulée de la sélection et au fil de nos multiples rencontres, plusieurs chansons dont nous ignorons encore que certaines vont rester dans la mémoire collective, telles *La chanteuse a vingt ans*, *L'Enfant d'un autre*, *Je suis malade* et d'autres qui ne seront connues du grand public qu'à partir de l'année suivante.

Quelques jours seulement après le grand prix Eurovision, comme s'il avait senti que mieux valait se faire attendre, l'arrivée de mon fils Emmanuel avec deux semaines de retard me comble du bonheur d'être maman pour la seconde fois, et mes parents de celui d'être à nouveau papy et mamie.

Enfin un garçon dans la famille, avec le secret espoir caressé par mon père que celui-ci, peut-être, reprendra enfin la direction du garage... L'avenir nous dira que c'est encore raté !

Et notre Cricri, au milieu de tout cela, qui n'en peut plus de manifester sa fierté d'être tata, lançant à tout va des « Ma-nièce » et des « Mon-neveu » aux intéressés, tout comme elle a remplacé mon prénom par ce « Ma-sœur » qui n'appartient qu'à elle.

Les Noëls et les fêtes ont dès lors un goût différent, celui du devoir accompli, avec les quatre générations réunies. Sans oublier Lulu, notre bébé cocker, qui fait la paire avec le caniche Dicky. Une belle photo souvenir !

Raphaëlle et Emmanuel se sentent irrésistiblement aimantés par Cricri, partageant avec elle gâteaux, jeux, promenades, vacances, rires, chansons et danses. L'harmonie parfaite !

Jusqu'au moment où un nouveau couperet tombe, douloureux mais décisif : il faut envisager de placer bientôt Cricri dans un centre, car ses dix-neuf ans approchant, elle va entrer dans la catégorie des « adultes handicapés » et aucun établissement approprié ne semble exister dans la région parisienne.

Après nombre de démarches et renseignements pris auprès de maints organismes, il s'avère qu'aucune école des environs, dans les structures « spécialisées », ne sera en mesure de l'accueillir l'année prochaine, une limite d'âge étant imposée et les listes d'attente pour recevoir de plus jeunes handicapés que Cricri en mal de scolarité s'allongeant de jour en jour.

La loi étant ainsi faite, une nouvelle période de prospection commence.

Maman semble inépuisable dans ce domaine, écumant toute la région, tous les établissements possibles, envoyant courrier sur courrier aux administrations concernées et faisant preuve d'un dynamisme et d'une opiniâtreté qui nous étonnent tous.

J'ai compris plus tard, trop tard peut-être, que sous cette force apparemment tranquille avaient résonné bien des tempêtes de douleur et de sentiment d'injustice. Autant de cris contenus qui, un jour, ont eu raison d'une façon inexorable puis brutale de sa santé mentale et physique.

Mais pour l'heure, maman court, conduit, coud, cuisine, tricote, chante et danse toujours.

Dans notre grenier, nous ignorons encore, ma petite famille et moi, que nous vivons nous aussi nos derniers mois de ce qu'avec le recul on pourrait qualifier de « bonheur idéal » : celui qui rassemble quatre générations autour d'un phénomène nommé Cricri.

Est-ce l'éventualité de ce futur départ ou bien le fruit d'un pur hasard, qui va déclencher, lentement mais sûrement, une série de bouleversements dans notre quotidien à tous ?

D'abord, à deux années d'intervalle, le décès de mes grands-parents. Beaucoup de douleur pour maman.

Puis notre appartement sous les toits qui, soudain, nous semble trop petit.

Et ces allers-retours incessants Taverny-Paris-Taverny qui commencent à nous peser.

Le sommet est atteint lorsque les discussions houleuses entre mon mari et mes parents commencent à devenir fréquentes.

Il faut dire que papa et maman supportent mal l'idée qu'un homme digne de ce nom (et italien, de surcroît !) puisse se lever parfois à 11 heures du matin, et ce même dans les périodes, assez fréquentes dans notre profession, où son travail connaît une grande accalmie.

Nous avons beau tenter de nous justifier, expliquer que nos règles ne sont pas les mêmes que celles des « travailleurs », notre activité nous contraignant rarement à nous lever à 5 heures du matin, heure à laquelle nous aurions plutôt tendance à entamer notre premier sommeil... rien n'y fait. Aussi, de la réflexion volontairement ironique à l'altercation, le pas est-il de plus en plus souvent franchi entre mes deux grands hommes. Commence alors une trop longue et triste période d'incompréhension mutuelle et de dialogues de sourds.

Ballottée sans cesse de l'un à l'autre avec, au centre, ma toute jeune famille, mes deux nouvelles priorités, j'essaie de me tenir le plus possible à l'écart des tensions ambiantes. Je me sens lasse, épuisée, comme dépourvue de toute source d'énergie. Seules les séances régulières d'écriture avec Serge me permettent de me ressourcer pour faire face aux nouveaux affrontements.

Tout cela fait immanquablement pleurer maman, si émotive, tandis que Cricri, tapie au fond du canapé, m'énerve dans son silence, le nez invariablement plongé dans l'interminable canevas qui a succédé depuis peu au tricot traditionnel des écharpes. Comme si elle se voulait indifférente et insensible à nos petits états d'âme.

Aujourd'hui, je suis convaincue qu'il n'en était rien et que toutes les informations lui parvenaient, peut-être même encore plus clairement qu'à nous, pauvres incapables dans l'art de maîtriser nos élans passionnels de Latins, et encore moins à même de prendre le recul nécessaire à l'apaisement des esprits.

Et ainsi, chaque fois qu'il y avait alerte en la demeure, Cricri, avec son instinct mystérieux, de s'abriter systématiquement derrière ce rempart « anti-émotion » qu'elle savait si bien ériger, se montrant soudain imperméable à tout ce qui risquait de briser son cœur.

Je me souviens bien des « après » de ces moments-là. Honteux et ridicules, avec nos problèmes que ma défunte grand-mère aurait qualifiés d'« à la noix ».

Et moi, chaque fois plus bête et impuissante.

Pour contourner cet orage qui menace tant l'avenir de mon couple que nos rapports avec ma famille, nous décidons de quitter dès que possible ce cher cocon de mon enfance, ma maison de poupée, mon adolescence, ma cabane, mon antre, mon repaire, ma cachette, mon refuge, mon île du bonheur au soleil.

Ma ligne d'horizon pendant vingt-cinq ans.

Je me résous donc à partir à la recherche d'un appartement à Paris afin, d'une part, de prendre un peu de distance et d'autonomie vis-à-vis de mes parents, et d'autre part, d'être plus au cœur de ce show-business qui nous a déjà contaminés, tout en passant plus de temps avec nos enfants. Ce temps que nous avons déjà beaucoup gâché en voiture, avec nos trajets quotidiens.

Apprendre à couper quelques-unes de mes racines. Couper enfin le cordon... Une idée qui ne me plaît pas beaucoup.

En fait, pas du tout.

C'est au cœur de cette période douloureuse précédant la transhumance que mes parents font la connaissance de Marie-Claude et Gérard, anciens instituteurs dont la fille, Kiki, est autiste. Ils ont décidé de vouer le reste de leur vie à la création d'un centre pour handicapés adultes afin de les préparer le plus tôt possible à une vie en communauté extérieure.

Marie-Claude et Gérard pensent avoir trouvé la structure susceptible d'accueillir une quinzaine de travailleurs potentiels. Reste à imaginer le mode idéal de fonctionnement ainsi que les financements.

Il se trouve que l'ami d'un de mes auteurs dirige un centre pilote d'aide par le travail, à Montbard, près de Dijon. Nous décidons, mes parents et moi, d'y amener Gérard un week-end afin qu'il puisse s'inspirer des aménagements, du mode d'organisation des éducateurs, et observer les réactions des handicapés face à un nouvel environnement.

Le centre de Montbard pourrait s'appeler « La Ferme du Bonheur ». Ses pensionnaires semblent épanouis et souriants, certains occupés à jardiner au milieu de champs et de collines verdoyantes et fleuries. D'autres travaillent à la mise sous enveloppe de prospectus ou au flaconnage d'échantillons de parfum sous la grande verrière qui domine la vallée. D'autres encore, grâce à un accord passé avec la municipalité, sont employés à la voirie de la ville dont on aperçoit le clocher de l'église, entre les deux grands cèdres en contrebas du chemin privé. Ceux-là rentrent chaque soir au centre, entièrement bâti de plain-pied, où chacun dispose de sa chambre individuelle.

Les bâtiments annexes sont réservés aux loisirs, discothèque, salle de jeux et cinéma.

Tout ici respire le calme et la douceur de vivre. Le directeur tente même de convaincre mon père d'y inscrire Cricri en attendant que le CAT [1] de Taverny voie le jour. Sans succès. L'idée de l'éloignement soudain, avec des visites autorisées seulement certains week-ends, ne plaît pas trop à papa. Quant à maman, elle aurait le sentiment d'abandonner ma sœur du jour au lendemain. Sans compter les reproches que ne manquerait pas de lui adresser Mémère Lucie d'avoir pris une si grave décision sans son accord.

Ainsi, à mon grand étonnement, tous les avantages vitaux que pourrait représenter un tel environnement pour des grands enfants comme Cricri passent au second plan.

C'est donc le retour à la case départ, via Taverny.

Le débarquement de notre petit clan dans la vie de Marie-Claude et Gérard fait certainement se précipiter les choses dans un sens qui va, finalement, convenir à tous.

Mon père est le roi des bricoleurs ! Que ce soit dans le domaine de la maçonnerie, de l'électricité, de la

1. Centre d'aide par le travail.

plomberie et, bien sûr, de la mécanique, rien de tout ce qui peut s'assembler, se monter ou se démonter n'a jamais eu de secret pour lui. C'est ainsi qu'il propose spontanément son aide pour accélérer l'aménagement de ce qui va devenir le CAT pour handicapés de Taverny, situé à seulement deux cents mètres du garage familial.

De son côté, maman s'engage à dactylographier les futurs comptes rendus de réunion.

Quant à moi, je suggère de mobiliser chaque fois que je le pourrai mes amis artistes pour aider à la finalisation du projet.

En 1975, la création du CAT est une bénédiction pour mes parents et le miracle finit par se produire. Cricri figure en tête sur la liste des premiers demi-pensionnaires inscrits.

La principale question que se posent les parents d'un enfant handicapé est généralement celle-ci : « Que va-t-il devenir s'il nous arrive quelque chose ? » Lucide et cruciale question pour mes parents aussi depuis que Cricri semble de plus en plus apte à communiquer avec le monde extérieur. Son inscription au CAT apparaît enfin comme une première vraie réponse.

Une deuxième vie

Ça y est, j'ai trouvé du travail ! Je vais enfin gagner ma vie à moi !

Je n'aime pas trop que maman décide toujours des nouveaux habits que je vais porter. Avec mes premiers sous, je voudrais bien m'acheter des blue-jeans « pattes d'éléphant » des T-shirts peints à la main et des belles boots bleues à talons compensés comme Ma-sœur pour avoir l'air plus grande.

Et puis j'aimerais changer de coiffure. Peut-être friser un peu mes cheveux trop raides et les teindre en blond, comme ceux de Ma-sœur.

Dès que j'aurai gagné encore plus d'argent, j'en donnerai à mes parents pour qu'ils s'achètent aussi des nouveaux habits. Surtout papa. J'ai toujours l'impression qu'il met le même polo et le même pantalon tous les dimanches pour rester à la maison.

Et puis j'aimerais bien qu'après mon papa me trouve une voiture pas trop chère, comme celle de Ma-sœur quand elle a passé son permis. Surtout qu'il a un peu plus de temps, maintenant qu'il a vendu le garage et qu'il s'est mis à la retraite. Il paraît que la retraite, c'est quand on arrête de travailler. Mais mon papa, il continue d'aller fourrer son nez sous les capots des voitures que doit réparer le nouveau propriétaire. Il faut dire que c'est tentant car on habite toujours l'appartement au-dessus du garage.

Comme ça, papa va sûrement trouver le temps de me préparer ma future voiture d'occasion. Il l'essaiera d'abord, et après il m'apprendra à la conduire. On montera et on redescendra la rue de la Tuyolle en marche avant et en marche arrière, comme il faisait avec Ma-sœur quand elle n'avait même pas dix-huit ans. Moi j'en ai quand même vingt, mais je ne mesure qu'un mètre cinquante-cinq. Peut-être faut-il que je mesure un mètre soixante-dix comme Ma-sœur pour conduire, à cause des pédales qui sont un peu loin ? Ça, je ne sais pas.

Avec ma belle voiture, je pourrai enfin aller toute seule jusqu'à Paris voir Mon-neveu et Ma-nièce.

Et puis, parmi les nouveaux amis que je me suis fait au CAT, peut-être qu'un garçon me trouvera gentille, que je l'aimerai bien et qu'il voudra se marier avec moi ?

Pour le moment, entre nouveaux travailleurs, on n'a pas le temps de penser à tout ça. On est tous trop occupés à fabriquer des jolis pompons rouges qui seront cousus plus tard sur des bérets de marin, par des militaires couturiers. Gérard, le chef des éducateurs, m'a dit que mes pompons étaient les plus beaux.

Pour faire un pompon, c'est un peu comme pour une recette de cuisine, il suffit de bien observer les mesures et ça marche : faire une frange de soixante-huit centimètres, puis rouler sur sept mètres trente en y insérant un long fil. Attention, il ne faut pas que le pompon pèse plus ni moins que huit grammes ! Après, on coupe tous les brins de laine ensemble en les entourant bien du long fil. C'est très difficile, mais moi, j'y arrive.

C'est avec le poids que j'ai le plus de problèmes. Trop léger ! Trop lourd ! Je ne comprends pas bien pourquoi il est si impor-

tant qu'un pompon pèse absolument huit grammes, surtout que Gérard trouve que les miens sont les plus beaux. Il a même ajouté que lorsqu'on touche le pompon d'un marin, ça porte bonheur. Moi, j'en touche toute la journée !

Finalement, ça me fatigue déjà de fabriquer du pompon porte-bonheur...

Mon bonheur à moi, c'est surtout chaque soir, quand je rentre du travail et que je m'installe avec maman dans le canapé pour parcourir des yeux le programme de la télé, que je connais par cœur en dix minutes. Après, elle me pose des questions sur les noms des acteurs qui jouent dans les feuilletons, ou des chanteurs qui passent dans les émissions de Guy Lux. Et des fois, on y voit même Ma-sœur !

Quand le travail des pompons m'ennuie trop, je vais avec la deuxième équipe mettre des échantillons de parfum dans les petites boîtes qui sont déjà installées sur le grand comptoir de l'autre atelier. Quand je change sans demander, Marie-Claude et Gérard me grondent un peu. Ils ont dit à papa et maman que j'étais « têtue et déterminée ». Je fais semblant de ne rien entendre et je continue de travailler à ce qui me plaît le plus.

C'est drôle, j'ai vu que sur les boîtes dans lesquelles on glisse les petits flacons, il y a écrit le même nom que celui de Ma-sœur depuis qu'elle est mariée : Ricci. La dame qui fabrique les parfums est peut-être une cousine de mon beau-frère ? Elle s'appelle Nina. Il faudra que j'en parle à Lily pour qu'elle le dise à son mari. Elle lui racontera mieux que moi. Je sais toujours bien ce que je voudrais dire aux gens, mais j'ai du mal à trouver tous les mots pour bien l'expliquer. Et puis, je n'arrive pas à parler vite, comme tout le monde.

Heureusement que Ma-sœur sait bien tout traduire !

Ça bouge !

C'est fait ! La famille Ricci a quitté le grenier familial de banlieue et emménagé à Paris.

Fini d'aller chercher chez « les voisins du dessous » le beurre qui manque, ou d'appeler papa à la rescousse pour réparer le sèche-cheveux encore en rade !

L'appartement que nous avons trouvé à trois cents mètres de la tour Montparnasse est agréable, assez clair et spacieux, bien que situé au cinquième étage d'un immeuble sans ascenseur. Restrictions obligent ! Avec en prime une nouveauté pour nous : un loyer et des charges à payer. Vaste problème bassement matériel qui nous a été évité durant sept ans.

Les enfants partagent une très vaste chambre dont la fenêtre donne sur la cour de l'école communale, ce qui me permettra de les apercevoir pendant les récréations.

Mon piano droit a trouvé sa place sur la moquette rouge, près de la porte-fenêtre du double living dans lequel ont atterri mes meubles rustiques et ma vaisselle de jeune fille.

Suite à notre décision de déménager et à la sienne, prise il y a bien longtemps, de se retirer à l'âge de cinquante-cinq ans, mon père a mis en vente le garage, tout en se réservant jusqu'à la fin de ses jours la jouissance de mon ancien appartement sous les toits. Cricri étant désormais pensionnaire, il songe à une douce retraite avec maman, entre Les Issambres et Taverny.

Je croise les doigts pour que cette soudaine crise d'indépendance de toutes parts nous apporte, aux uns comme aux autres, l'équilibre tant souhaité. A commencer par celui de mon couple. Mais ça, c'est une autre histoire [1].

Quitter Taverny fut pour moi un arrache-cœur. Comme si la vie de mes parents ne pouvait continuer à bien se dérouler sans moi.

Comme si j'avais dû, le même jour, faire une croix sur mon enfance et mon adolescence, m'obligeant à entrer de façon définitive dans le monde plus sournois des adultes.

Savoir que la nouvelle éducation de Cricri est maintenant en partie prise en charge par des quasi-inconnus m'inquiète autant que je m'en réjouis.

Je sais que c'est un grand pas en avant pour elle comme pour mes parents. Mais je sais aussi que cette première étape mènera tôt ou tard vers une seconde, inéluctable : placer Cricri dans un foyer où elle devra alors séjourner à plein temps. D'autant que Marie-

---

1. *La Vie à l'envers*, autobiographie parue chez Michel Lafon, 1987.

Claude et Gérard ont déjà en vue l'achat d'un terrain en lisière des bois de Saint-Leu afin d'y construire le foyer en question.

Comment maman abordera-t-elle cette idée ?

Dix années s'écouleront pourtant sans que mes craintes soient justifiées. Bien au contraire. Parlant de mieux en mieux, élargissant son vocabulaire, apprenant à cuisiner, prenant de plus en plus soin de sa coiffure, du choix de ses vêtements, Cricri s'épanouit pleinement dans son travail au CAT et c'est avec fierté que, chaque fin de mois, elle nous montre son nouveau bulletin de salaire.

Lors d'une réunion au sommet, Marie-Claude et Gérard évoquent la question de la sexualité de Cricri, un sujet qui cause bien du tracas à maman. En effet, la trisomie 21 n'altérant aucunement le fonctionnement hormonal de ceux que l'on a tendance à considérer trop longtemps comme des enfants, il faut passer par l'étape du contraceptif. Le moment de l'explication du nouveau médicament est un peu délicat pour Cricri, qui ne comprend pas trop pourquoi elle ne « doit » pas avoir d'enfant.

« Ma sœur, elle en a deux », constate-t-elle avec son apparente naïveté.

Puis, presque aussitôt, son sixième sens lui ayant sans doute soufflé qu'on a mis le doigt sur une blessure sensible, elle fuit et change immédiatement de sujet. Comme toujours dans les moments de haute tension.

Cricri confiance, Cricri sacrifice qui n'a pas conscience que sa prise en charge au CAT, puis plus tard au foyer, coûte chaque jour à nos parents 79 francs, revalorisés chaque année au taux en cours, et que le complément, assumé par le Conseil régional, devra impérativement être remboursé à celui-ci le jour de sa disparition, sur la valeur du patrimoine familial économisé par notre père durant ses années de labeur [1]...

Mais Cricri est à cent mille lieues de toutes ces considérations financières. Tout ce qui compte pour elle, c'est un peu le travail, et beaucoup les sorties et les fêtes régulièrement organisées par le CAT. J'essaie, par le biais de mon métier, d'offrir ma faible contribution en faisant venir de temps à autre quelques artistes de renom. Une façon pour eux de prendre conscience que nous pouvons, à notre manière, apporter un soutien tant moral que matériel à des structures telles que celle de Taverny.

Lors d'une fête organisée par l'APAJH [2] dans le jardin du château de Soisy-sous-Montmorency, un

1. Cette loi a été définie en un temps où nos handicapés avaient une espérance de vie très courte. Mais les temps ont changé, et les progrès de la médecine aidant, de nos jours le trisomique vit en moyenne vingt ans de plus qu'il n'était envisageable qu'il vive il y a quarante ans. Il serait peut-être temps de réviser cette loi à la baisse. N'est-il pas déjà suffisant pour une famille d'avoir à porter un tel fardeau pour, en plus, déposséder celle-ci des biens qu'elle a accumulés jour après jour, au décès de l'enfant qui leur a déjà interdit d'avoir une vie de couple normale ?

2. Association pour l'aide à la jeunesse handicapée.

jeune et timide chanteur débutant ouvre la première partie tandis que je dois assurer la seconde. Il se produit souvent, dit-on, dans des spectacles au profit des handicapés.

Curieuse de nature, et plus encore dès qu'il s'agit de musique, je m'installe au pied des escaliers menant à la terrasse aménagée en scène pour la circonstance, afin de prêter une oreille attentive à ce nouveau chanteur guitariste. Sa voix, acide et haut perchée, impose doucement le silence à un public de plus en plus captivé.

Je m'enquiers discrètement de son nom.

Jean-Jacques Goldman ? Connais pas.

Quelques années plus tard, et pour longtemps, le talent, la patience, le travail et la générosité de Jean-Jacques seront largement récompensés.

Trente ans déjà !

Au foyer, comme j'étais la première inscrite à l'ouverture du CAT, j'ai ma chambre à moi.

Maman a accroché de beaux rideaux à fleurs, assortis au dessus-de-lit, qu'elle a confectionnés elle-même pour mes trente ans avec le tissu de Paris, acheté exprès au marché Saint-Pierre pendant que papa m'a bricolé des étagères et a accroché aux murs les photos de tous les gens que j'aime.

De mon lit, je vois Pépère Jules et Mémère Lucie en noir et blanc sous le grand cerisier du jardin, papa et maman en couleurs devant la mer, sur la terrasse de la maison des Issambres, et Ma-sœur en train de rire avec Lolo, mon nouveau beau-frère.

Il y a aussi Ma-nièce Fafa devant sa première voiture, une belle 2 CV beige aux ailes rouges, Mon-neveu Boubou qui fait le clown dans la piscine. Patrick Duffy, l'homme de l'Atlantide devenu Bobby, dans une scène du feuilleton Dallas, *et surtout une affiche dédicacée de Serge Lama qui est déjà venu chez nous avec Ma-sœur et Patrick Sébastien, aux Issambres, pendant leur tournée d'été. Serge m'a même embrassée en me serrant très fort quand Ma-sœur m'a emmenée le voir dans sa loge, après son spectacle au Palais des Congrès, à Paris, où il m'avait invitée avec tous mes amis du CAT!*

Chaque dimanche soir, après avoir passé le week-end chez mes parents, maman me raccompagne. Elle a toujours une drôle de tête quand je lui fais au revoir de la main jusqu'à ce qu'elle ait tourné au coin de la rue, à travers les barreaux de la grande grille coulissante que papa a installée au foyer, et qu'elle est trop vite repartie dans sa petite Citroën bleue après avoir rangé ma chambre et s'être assurée que j'ai bien tout ce qu'il faut pour la semaine.

Elle est comme ça, ma maman! Toujours inquiète pour n'importe quoi. Par exemple, elle prendra jamais un avion, au cas où il s'écraserait. Sauf si on est tous ensemble, bien sûr. Et comme toujours, quand maman se lance sur ce sujet-là, tout le monde rigole, mais ça ne fait pas du tout rire maman qui ne veut jamais partir loin, même pas trop, même pas longtemps, même en voiture, sauf si je viens avec elle.

Pourtant je me débrouille bien, toute seule au foyer. J'ai appris les signes du zodiaque et je demande aux gens le leur. Après, je leur raconte leur caractère et ça les épate drôlement! Moi, je suis Poisson, et mon plus grand plaisir, à part la danse, c'est quand on va en groupe à la piscine. A force de regarder Patrick Duffy à la télé quand j'étais petite dans L'Homme de l'Atlantide, *j'ai appris depuis longtemps à nager comme lui et ça aussi, ça épate toujours mes amis et mes éducateurs.*

C'est vrai que pour nager ou pour danser, je ne suis jamais fatiguée. C'est plus quand je travaille que je trouve le temps un peu long.

Maman m'a acheté des lunettes pour y voir mieux, mais je n'aime pas les porter. Quand je les mets sur le bout de mon nez et que je me regarde dans la glace de ma chambre, je ne me trouve pas très belle. Alors je les ai bien cachées, je ne sais plus où, comme ça je ne peux pas les mettre et je ne me vois pas non plus.

Presque tous mes copains du foyer portent des lunettes quand ils travaillent au CAT. Et moi je ne veux pas ressembler à tout le monde. Ou alors seulement à Ma-sœur, et Ma-sœur ne porte pas de lunettes. Déjà que la maman d'Eric et le papa de Sophie trouvent qu'on dirait trois frères et sœurs quand on danse ensemble pour les fêtes du foyer...

Eric, lui, ça va. Il est plus grand que moi et il me fait danser de temps en temps. Mais il n'est pas très beau et il me marche un peu sur les pieds.

Sophie, comme dirait papa, c'est une « petite boulotte ». Encore plus petite que moi, c'est dire ! Ses binocles ronds, elle les garde tout le temps sur son nez. On dirait une mini-institutrice à queue de cheval.

Alors, décidément, non ! Je ne porterai pas de lunettes.

Et je n'ai toujours ni voiture, ni mari.

En fait, je n'ai finalement besoin ni de l'une, ni de l'autre. Avec les sous que des gens très importants ont donnés pour qu'on soit bien, plus ceux des petits galas que Ma-sœur organise de temps en temps, et aussi avec l'argent que rapporte notre travail, Marie-Claude et Gérard ont pu acheter un bel autocar pour les sorties afin qu'on soit toujours tous ensemble. Alors une voiture ne me servirait pas à grand-chose.

Côté mari, il n'y a personne qui me plaise vraiment. Sauf Bernard, un des éducateurs, que j'aime bien et que je trouve beau, même si Ma-sœur dit qu'il n'est pas terrible. Quand j'ai demandé à Bernard s'il voulait se marier avec moi, il m'a répondu qu'il était déjà marié. Alors j'ai dit : « Bon ! ça fait rien ! » Mais ça m'a fait quand même quelque chose... Surtout qu'il ne voit pas beaucoup sa femme, vu qu'il est toujours avec moi.

J'espère qu'un jour on aura un éducateur qui sera beau et pas marié. On habitera dans une belle maison, comme Masœur.

La vie autrement

Mes parents ont beaucoup de mal à s'habituer à l'absence de Cricri. Surtout maman. Il faut organiser bien des réunions avec Marie-Claude et Gérard pour qu'elle accepte enfin de leur faire entièrement confiance.

Les premières semaines, tous les prétextes lui sont bons pour se rendre au foyer. L'aménagement de la chambre de Cricri à modifier, un médicament oublié ou une chemise de nuit à recoudre. Tout est bon pour aller ne serait-ce qu'entrevoir Cricri cinq trop courtes minutes.

Contrairement à ce que nous pensions, l'adaptation est plus douloureuse pour nous que pour ma sœur. Maman a longtemps conservé ce sentiment de culpabilité qui continue de la hanter. « J'ai abandonné Cricri », m'assène-t-elle régulièrement au téléphone.

L'installation de Cricri au foyer est devenu le centre de toutes nos conversations, à tel point que j'en arrive parfois à être jalouse. A moi qui vois de moins en moins mes parents pour cause de nombreux déplacements professionnels, on demande tout juste des nouvelles de ma santé. A peine s'inquiète-t-on de celle de mes enfants ! Et lorsque nous déjeunons ensemble certains week-ends, maman semble tant vouloir profiter de la présence de Cricri que j'ai le sentiment d'être reléguée au rang des meubles du salon. Ceux qu'on est habitué à voir posés là depuis si longtemps et auxquels on ne prête plus guère attention.

Quant à mes enfants, je me demande si je ne devrais pas culpabiliser un peu plus de les voir si « normaux », tant on leur trouve de menus défauts !

Puis je me gifle intérieurement d'avoir de telles pensées...

Aussi, pour mieux comprendre l'évolution de ma sœur, ai-je décidé de prendre Cricri quelques jours à la maison pendant la période des vacances, avant de l'emmener aux Issambres rejoindre nos parents.

C'est ainsi que je découvre petit à petit la difficulté de jouer au quotidien à la maman de substitution avec un être différent dont il ne faut surtout pas changer les petites habitudes.

Par exemple, Cricri ne supporte pas qu'on ferme la porte ni les doubles rideaux de sa chambre pendant qu'elle dort. Un matin, je retrouve toutes les peluches, habituellement alignées sur les étagères près du lit, bien entassées dans le placard soigneusement fermé. Tout naturellement, je lui demande pourquoi elle a agi ainsi. Sa seule réaction est de se précipiter dans mes bras en me disant : « Je t'aime, ma chérie, Ma-sœur ! » Et Cricri, à nouveau, prend la fuite. OK, la prochaine fois, je te mettrai directement les peluches dans le placard !

Cricri a l'art de séduire en un clin d'œil, mais aussi celui de nous faire paniquer. Dès que quelque chose la touche profondément, un reproche, une dispute entre mes enfants, des images violentes à la télévision, un haussement de ton dans notre manière de parler, elle se referme comme une huître, allant même parfois jusqu'à nous inventer un mal au ventre qui nous met sens dessus dessous, et se calme comme par enchantement dès qu'elle se sent revenue au centre des conversations apaisées.

Au hit-parade de mes angoisses, son grand truc est de cacher systématiquement mes clés de voiture. Comme par hasard, cela tombe toujours au moment où je dois faire des courses sans elle ou la raccompagner au foyer. Le problème est qu'elle ne se souvient jamais de la cachette. OK, la prochaine fois, je garde les clés sur moi !

Mis à part ces désagréments quotidiens, plus anecdotiques que dramatiques, je constate que Cricri a acquis des dons de ménagère. Elle aide à faire la vaisselle ou à débarrasser la table, et range sa chambre et fait son lit dès qu'elle se lève. J'aimerais que mes deux enfants en « prennent de la graine », selon l'expression consacrée de mon père !

Elle développe également un sens de plus en plus subtil de la répartie, et de la plaisanterie. Sûrement ce sens discret de l'observation qui lui permet d'emmagasiner à sa manière tous les moyens d'amuser et de distraire le public que nous constituons, et de nous les servir au bon moment.

Elle fait preuve d'un humour autrement plus fin que celui de notre père, roi du jeu de mots douteux et usant du même répertoire depuis ma naissance ! Pas forcément très léger, il déclenche immanquablement nos rires complaisants.

Sacrée Cricri, dirait papa...

Voyages

Des grands voyages, je n'en ai jamais fait. Excepté pour aller en Allemagne quand j'étais bébé. Alors, toute l'année depuis que je travaille, je n'attends qu'un moment, c'est celui des vacances. Cette année, c'est avec Ma-sœur que je suis descendue en voiture aux Issambres, avec Ma-nièce et Mon-neveu.

J'ai adoré ce voyage ! On s'est d'abord arrêtés pour déjeuner au self-service de l'autoroute et Lily m'a laissée choisir tout ce que je voulais, même que, pour une fois, je n'ai pas réussi à tout finir. Après on a fait une étape à Montélimar pour goûter, boire un coup et acheter du nougat, puis on a pu jouer un peu au toboggan derrière la station-service de l'autoroute.

D'habitude, avec papa et maman, c'est une autre paire de manches. On s'arrête plutôt sur un parking pour pique-niquer, et là on mange les sandwiches trop mous que maman a préparés et bien enveloppés avant de partir. On boit du cidre qu'elle a mis dans la Thermos, puis on promène un peu le chien et on repart. On ne s'arrête plus ensuite que pour prendre de l'essence. Avec Ma-sœur je bois du Coca-Cola, même si maman n'est pas d'accord car ça risque de m'énerver. Lily dit qu'on s'en fiche, parce que maman ne le saura pas vu que c'est un secret.

Quand on arrive aux Issambres, Ma-nièce et Mon-neveu sont installés dans le « saloon », qu'on a appelé comme ça à cause de la porte battante aux deux volets de bois qui sépare le coin salle à manger-salon du coin sommeil.

Je prête habituellement ma chambre à Ma-sœur et je dors au-dessus, dans le canapé du living, à l'étage des parents où, du grand balcon, on voit la mer comme si elle était à nous. On aperçoit aussi la piscine que papa a construite tout seul en bas du terrain, comme il l'avait promis quand j'étais petite.

Souvent, on déjeune juste à côté, sous la pergola aux glycines, et papa fait un barbecue pour tout le monde. Même que la fumée va toujours dans le mauvais sens et que ça pique les yeux ! Du coup, je retourne vite me baigner. Maman râle toujours un peu quand il faut me forcer à sortir de l'eau pour revenir manger.

Presque tous les jours, quand Lily est avec nous en vacances, ou quand il y a des amis en visite, papa nous emmène en bateau et on fait des belles promenades jusqu'à Sainte-Maxime où on va manger une glace, ou bien à Port-Grimaud où on déjeune parfois le dimanche.

Mais la balade que je préfère, c'est quand il n'y a pas trop de mistral et qu'on part pour la journée avec des amis à plusieurs bateaux, pique-niquer sur l'eau jusqu'à l'île de Port-Cros. Sur le trajet, papa me met le gilet de sauvetage et on fait du ski nautique. La première fois que j'ai essayé, ça a marché tout de suite parce que, avant, j'avais bien regardé comment faisait Ma-sœur. Au retour, on se baigne dans une jolie crique devant la maison de Brigitte Bardot qu'on n'a jamais vue d'ailleurs ! Elle doit être bien cachée derrière les grands roseaux plantés tout autour, derrière les rochers.

Le soir, on se retrouve avec tous les amis et les voisins à la maison, et après un dîner vite fait près de la piscine, on met de la musique et on danse des farandoles. Avec Ma-sœur, on s'amuse des fois à pousser les invités dans l'eau, puis on s'y jette à notre tour et tout le monde rigole !

Quand je suis aux Issambres, ce n'est pas comme à Taverny, je n'ai jamais sommeil. Mais papa et maman font toujours la sieste après le déjeuner et ils m'obligent à faire comme eux.

« Ça te fera du bien », dit papa.

« Tu en as besoin », dit maman.

Pourtant, moi je me sens en pleine forme. Alors, pour leur faire plaisir, je fais semblant de m'endormir en même temps qu'eux, et dès que papa commence à ronfler et que maman siffle, je descends sans bruit rejoindre Lily qui joue la feignante à la piscine, et on discute un peu.

Elle me pose souvent des questions sur mes copains et mon travail, mais je préfère quand elle me parle des chanteurs qu'elle connaît.

Il paraît qu'on va bientôt aller voir Serge Lama tous ensemble quand il va passer à Fréjus, et que peut-être il viendra à la maison ! En tout cas, Ma-sœur m'a promis qu'elle m'emmènerait lui faire la bise et voir comment ça se passe dans les coulisses. Il a divorcé, il paraît !

Ma sœur aussi a divorcé. Mais pas pour se marier avec Serge Lama, comme beaucoup de gens croyaient. Elle a rencontré son nouveau fiancé en allant faire du ski. Je le trouve très beau. Il aime bien jouer avec moi dans la piscine aux Issambres, et il me pose tout le temps plein de questions. Peut-être qu'il répète avec moi pour préparer les émissions qu'il fait à la télé ?

Mes amis aiment bien ses émissions, alors je leur ai dit : « Lolo, c'est mon beau-frère ! » Du coup, j'ai dû donner la liste de tous leurs prénoms à Lolo pour qu'il fasse des photos dédicacées à tout le monde. Il est même venu les apporter lui-même à la fête de fin d'année, avec des T-shirts pour tout le monde où il est écrit en gros « FREQUENSTAR M6 ». Maintenant, quand on part en balade avec l'autocar du foyer, on dirait une équipe de foot !

Lolo, on dit que c'est l'ami des stars, mais c'est surtout mon Lolo à moi !

Retour au bercail

Maman semble s'être habituée à ne plus retrouver sa Cricri chaque soir, ou fait en sorte qu'on le pense. J'ai même réussi la prouesse de lui faire accepter de partir avec moi à deux reprises, en croisière, durant dix jours.

Habituellement, Cricri passe ses week-ends à Taverny. Mais un vendredi, puis un autre, celle-ci émet le désir de rester le samedi et dimanche au foyer avec certains de ses amis dont les parents sont décédés et pour lesquels une permanence est assurée par un nombre restreint d'éducateurs. Cette permanence inclut souvent l'organisation de petites fêtes improvisées que Cricri ne manquerait pour rien au monde.

C'est en invoquant cet état de fait que je suis parvenue à convaincre mes parents de participer à notre croisière musicale à laquelle se joindra, pour ma plus grande joie, Lolo, mon compagnon. Serge aussi fait partie de l'équipée marine pendant laquelle nous devrons assurer chacun deux spectacles, ce qui finit par décider ma petite famille.

Mon père rêve de Tahiti. Pour sa première traversée, je lui offre quand même les palmiers des Antilles.

Maman, quoique toujours un peu inquiète à l'idée de revivre la triste épopée du *Titanic* version créole, suit bon gré mal gré, achetant au cours des escales ici un paréo pour Cricri, là un doudou de chiffon pour Cricri, sans oublier un bongo pour Cricri à qui elle ne manque pas d'envoyer sa carte postale quotidienne.

Lors de la seconde croisière, nous découvrons ensemble le phare d'Alexandrie au lever du soleil, l'ombre majestueuse des pyramides sur la ville du Caire et l'émouvant Mur des lamentations à Jérusalem. Au cours de ce deuxième voyage, je constate un changement dans l'attitude de maman. Elle semble parfois se détacher de ce qui se passe autour d'elle, éprouvant comme une légère lassitude.

Je la sais contrariée par mon divorce récent qui l'a privée de son petit-fils pendant deux longues années, interminables également pour la maman que j'étais.

Contrariée aussi par de trop nombreux petits riens. Ainsi, sa petite-fille qui ne supporte plus de s'entendre appeler « Fafa », s'estimant trop grande pour assumer en public ce diminutif désuet dont maman ne peut s'empêcher de l'affubler.

Il y a le fait que j'aie attrapé un simple rhume, aussitôt synonyme pour elle de catastrophe nationale menaçant de briser ma carrière !

Et puis, au contact permanent de Cricri, maman a aussi tendance à perdre facilement la notion du temps qui passe... Il faut dire que Cricri a vécu dans son éternelle bulle de pureté et de spontanéité, à l'image des enfants non encore confrontés aux réalités du monde adulte.

Maman contrariée, encore, par mes déménagements multiples après que mon père a investi temps et travaux conséquents de rénovation dans chacune de ces habitations qui, chaque fois, nous ont éloignées un peu plus l'une de l'autre.

La dernière maison de ma famille encore « composée » était nichée au cœur de la forêt de Rambouillet, à cinquante kilomètres de Paris et quatre-vingts de maman. Mon divorce m'obligeant à réintégrer la capitale, il m'a aussi permis de retourner plus souvent à Taverny.

Alors je mets plutôt la petite mine de maman sur le compte des longues distances à pied imposées aux escales par les diverses excursions. Et je suis pleinement rassurée lorsque, de retour au bateau après s'être tous deux faits beaux pour l'apéritif dansant du soir, papa invite maman à la valse ou au boston. Là, toute trace de fatigue semble effacée.

Ce que je ne veux pas admettre, et que je n'assimilerai que bien plus tard, c'est que, à mesure que maman s'affaiblit doucement, apparaît une légère baisse du fonctionnement de certaines activités vitales de ma sœur.

Chez Cricri, de plus en plus de problèmes de vue, de perception auditive, de mobilité et de prononciation.

Chez maman, une perte d'appétit assortie d'une perte ponctuelle de la mémoire immédiate.

Comme une sorte d'osmose dans les dysfonctionnements, qui s'opèrerait à notre insu, même à distance.

En prenant régulièrement des nouvelles de Cricri au foyer, ou en le constatant par nous-mêmes quand elle vient à la maison, nous nous rendons compte que lorsque maman est fatiguée, Cricri éprouve le besoin de dormir. Maman a mal aux jambes ? Cricri n'a pas envie de danser. Maman a l'estomac barbouillé ? Cricri n'a pas trop faim.

Etranges et inexplicables coïncidences.

Mais laquelle avait commencé ?

C'est bizarre...

C'est bizarre, depuis quelque temps je n'aime plus trop rentrer au foyer après les vacances. Ce n'est pas que les éducateurs ne sont pas gentils avec moi, ni que je ne suis pas contente de retrouver mes amis. D'ailleurs, je ne sais même pas pourquoi je suis devenue comme ça.

Je préfèrerais simplement rester à la maison, avec maman. Surtout qu'elle a l'air un peu fatiguée de ses vacances. Je pourrais peut-être l'aider à faire le ménage et la vaisselle.

Au foyer, je suis la première à me lever à la fin des repas pour débarrasser la table. Il faut dire que plus vite on a aidé les gens de la cuisine, plus vite on peut écouter de la musique et danser. La télé, je n'aime plus trop ça non plus. Je trouve que les images sont floues et ça me fatigue les yeux. Sûrement leur poste qui marche moins bien. En plus, ils ne mettent jamais le son assez fort. Du coup, je m'endors dans mon fauteuil.

Mais pour danser, là, je vais très bien. A part la semaine dernière où je suis tombée cinq minutes dans les pommes. Marie-Claude a dit que, encore une fois, je n'avais pas assez mangé.

C'est vrai que j'ai moins faim que lorsque j'étais plus petite. Normal, j'ai trente-cinq ans et je ne pense pas que je vais encore grandir : un mètre cinquante-cinq, c'est bien quand même ! 1,55 : c'est comme mon année de naissance, 1955, mais sans le 9... Quoique Ma-sœur mesure un mètre soixante-dix et elle est née en 1946 : là, ça marche pas mon truc...

Ma-sœur, je la vois moins depuis qu'elle a ouvert sa nouvelle école de chanteurs à Paris. Maman m'a dit que c'est beaucoup de travail, que ça lui prend tout son temps et que c'est très important pour les jeunes.

Je trouve que c'est dommage car du coup on ne la voit presque plus non plus à la télé et mes copains disent qu'elle n'est plus vedette !

Pourtant, pour moi, c'est toujours ma vedette.

Je lui dirai samedi, quand elle viendra me chercher et que je me serai faite belle pour aller à la messe des cinquante ans de mariage de papa et maman, dans l'église de Taverny.

Les anges nous joueront sûrement de la jolie musique !

1990. Même sans Cricri...

On n'a pas dit à Cricri qu'après la cérémonie on va faire la fête. Papa a décidé qu'elle ne viendrait qu'à la mairie et à l'église. Il pense qu'elle supporterait mal de découvrir d'un seul coup tous ces invités dont elle ne connaît qu'un trop petit nombre.

C'est vrai que Cricri, depuis quelque temps, a de plus en plus de mal à s'adapter au milieu d'une foule trop importante. C'est un peu une agoraphobie latente. En plus, trop de bruit la fait se fermer comme une huître. Un phénomène récent, lui aussi.

Alors papa a demandé à Marie-Claude et Gérard de la raccompagner au foyer après la cérémonie à l'église, sans qu'elle soit informée de la fête qui suivra.

Maman en est très contrariée. Je me permets alors d'intervenir : la célébration de cinquante ans de mariage représente un moment de plus en plus rare dans une vie de couple et ça se fête, quand même !

Alors, on les a fêtés.

Il est particulièrement émouvant de voir son père et sa mère... se remarier ! La mairie, puis l'église. Tout y est repassé. Et ils se sont redit oui !

Papa dans son beau costume gris à fines rayures avec nœud papillon sur une chemise bleu ciel, assortie à ses yeux toujours beaux.

Maman dans sa belle robe bleu roi au décolleté brodé de perles et de paillettes, achetée pour la circonstance.

Cricri en robe à fleurs aux tons pastel avec un joli décolleté bateau rehaussé d'un volant.

Roland, notre aumônier des artistes, fidèle ami toujours présent, mais aussi le curé italien, racines obligent, mon cher papa.

La musique, italienne également.

La famille, même les cousins éloignés qu'on n'a que peu croisés.

Et les amis, tous les amis, accourus de toutes les régions d'Italie pour célébrer le second mariage des mêmes mariés qu'il y a cinquante ans.

Le beau cadeau que tu leur fais, papa, en leur réservant la surprise d'un autocar qui va les emmener on ne sait où.

Leur joie quand ils découvrent la péniche spécialement affrétée pour eux, avec l'orchestre et l'accordéon d'André Blot qui joue en nous attendant sur le quai (là, j'y suis pour quelque chose...).

La jolie croisière que nous allons faire sur la Seine en dansant et chantant jusqu'à l'aube.

Oh, comme tu as eu raison, papa ! Ces cinquante ans de mariage, on les a vraiment bien fêtés !

Même sans Cricri.

1997. C'est pas grave, Ma-sœur

Avec Marie-Claude et Gérard, la directrice et le directeur du CAT où je travaille depuis vingt ans et du foyer dans lequel je vis depuis dix ans à Taverny, excepté les week-ends et les grandes vacances que je passe le plus souvent avec mes parents, on est comme dans une deuxième famille avec trente grands enfants qui se ressemblent tous.

Ma chambre est au premier étage, voisine de celle de ma copine Sophie. Le soir, on écoute de la musique et on danse en chemise de nuit, sauf quand Eric vient nous embêter.

Eric, il est jaloux quand je m'amuse avec ma copine, il me voudrait pour lui tout seul. Il croit qu'il est mon amoureux. Moi, je l'aime bien, mais je ne veux pas me marier avec lui. Depuis toujours, je préfère Bernard, celui de nos éducateurs qui est déjà marié, alors je danse avec Sophie en attendant de me trouver un autre fiancé.

Le 8 mars dernier, ils ont organisé une belle fête surprise pour mon anniversaire. Papa, maman et Ma-sœur sont venus m'aider à souffler les quarante-deux bougies de l'énorme gâteau que Marie-Claude avait fait préparer pour moi par la cuisinière.

Même si les parents de mes amis qui étaient là ont trouvé que c'est quand même une vedette, Ma-sœur a dansé avec nous sur ma chanson préférée de Claude François, Alexandrie, Alexandra. *On a fait la chorégraphie des Claudettes dont je connais tous les pas par cœur, je me suis placée devant pour montrer l'exemple, et tout le monde a suivi !*

Mais ma maman, pour une fois, n'a pas dansé. Même que papa a dû finir le gâteau qu'elle a laissé, juste entamé, dans son assiette en plastique.

Ma-sœur m'a dit que c'était juste à cause d'une grosse fatigue. Pourtant maman n'est jamais fatiguée pour danser avec moi.

Je sens depuis longtemps que maman ne va pas très bien, parce que je ne suis pas bien, moi non plus.

Je ne veux pas qu'on me dise qu'elle est malade.

Alors aujourd'hui, je vais quand même danser...

Dix jours plus tard, papa m'emmène voir maman dans un beau château, tout près de chez Ma-sœur.

Lily est debout, près de la fenêtre ouverte sur le parc aux grands arbres. Au fond, sur le lac, il y a deux cygnes qui se font des câlins.

Je trouve que maman a maigri. Elle ne me regarde même pas. Allongée dans un lit blanc entouré d'une barrière en tubes de métal, elle a l'air de bien se moquer de ce que font les cygnes sur le lac. Elle a juste demandé à papa à quelle heure on part aux Issambres.

Papa lui a répondu qu'il faut d'abord qu'elle se repose, et moi je trouve aussi. Je dis à maman, pour la rassurer, qu'on ne peut pas encore partir parce qu'on est début juin et qu'on s'en va toujours au mois de juillet, quand j'ai fini tout mon travail.

Mais maman fait bien semblant de ne pas m'entendre. Sûrement une ruse pour essayer de partir quand même en vacances avant, c'est ce que je dis dans l'oreille à Ma-sœur qui, du coup, se met à pleurer en regardant vers le parc. Pourtant je n'ai rien dit de mal !

Je n'aime pas quand les gens pleurent, encore moins quand c'est Ma-sœur. Alors, pour la consoler je vais lui faire un gros câlin. Je lui dis : « C'est pas grave, Ma-sœur », et ensemble on regarde les cygnes.

Après, papa me demande de dire au revoir bien qu'on ne soit pas restés longtemps. J'aurais bien voulu un câlin de maman ou qu'elle me dise quelque chose, même n'importe quoi. Je lui fais quand même mes quatre bises, mais elle ne s'en aperçoit pas, elle dort déjà à moitié.

Papa préfère rester au château clinique et demande à Ma-sœur de me raccompagner. Je suis contente que ce soit elle qui me ramène en voiture au foyer, même si on est samedi, mais je serais bien allée d'abord dans sa maison qui est tout à côté, en attendant qu'on rentre tous ensemble chez nous, avec maman.

Et comme toujours quand il y a des trucs qui m'embêtent, une fois dans la voiture, pour oublier, je m'endors tout de suite.

Bien fatiguée, moi aussi.

Trop dur

Maman va s'en aller. Cancer du pancréas.

Entre quatre et six mois, a prédit le Pr Gilbert de l'hôpital Broussais.

Quatre mois sont passés et maman s'est transformée en une toute petite chose qui a perdu mémoire et force. Cette force qui l'a tant portée pour partir en guerre au nom de tous les Cricri. Ce courage dont elle a fait preuve pendant ces quarante-deux années de combat, d'obstination, toujours dans la discrétion et armée d'une patience inépuisable.

Toutes ces douleurs secrètes qu'elle s'est bien gardée de nous confier, ne montrant au monde extérieur que sa joie de vivre et son calme sourire.

Cette abnégation, cet effacement permanent. Cette façon de ne jamais s'immiscer dans les problèmes des autres tout en se préoccupant sans cesse de leur bien-être, ce qui m'a agacée plus d'une fois, moi la distante, moi l'indépendante, moi la « c'est moi toute seule ».

Moi l'artiste qu'on a toujours ménagée pour qu'elle accomplisse son destin le plus sereinement possible.

Moi qu'on n'a surtout pas voulu encombrer de problèmes devenus bêtement quotidiens, estimant les miens suffisamment lourds à assumer. Si lourds que la musique, encore une fois, va m'aider à affronter les épreuves à venir.

Ma façon à moi d'exprimer les choses comme je les ressens vraiment, et que je ne suis pourtant jamais parvenue à dire comme je le voulais aux intéressées.

Deux chansons naissent alors : *Cricri* et *Les Mamans*. Toutes deux les ont entendues, mais les ont-elles écoutées ?

Et mon père, mon optimiste à tout va, mon mécano à la retraite, mon bricoleur du dimanche, mon Italien aux yeux bleus, Tony pour ses amis... Que va-t-il devenir ? Lui qui ne sait même pas comment on cuit un bifteck ni faire des frites !

Et Cricri ? Ah, ma Cricri ! Comment allons-nous pouvoir t'expliquer que bientôt maman ne sera plus là ?

Comment pourras-tu continuer à vivre sans elle ?

Et nous ?

Trop de questions. Trop dur. Trop mal à l'intérieur.

J'abandonne. Mission impossible.

12 juin 1997. Tu es où, maman ?

Marie-Claude est très gentille avec moi depuis ce matin. Elle a voulu qu'on m'habille avec mon bel ensemble bleu marine et blanc, celui des sorties du dimanche, sauf qu'on est jeudi !

Il paraît qu'on va prendre le bus tous ensemble pour accompagner maman à l'église.

C'est curieux, elle ne va jamais à l'église, maman !

Moi, je n'y suis allée que sept fois en tout : la première pour mon baptême, puis pour ma communion, puis pour le mariage de Ma-sœur, les baptêmes de Fafa et Boubou, Ma-nièce et Mon-neveu, et celui d'Alex, mon autre petite nièce.

Et la dernière, la plus belle des sept fois : pour les cinquante ans de mariage de mes parents.

Ce jour-là, ils se sont dit encore oui devant monsieur le maire et monsieur le curé.

Papa a lancé : « C'est reparti pour cinquante ans ! »

Ce jeudi, le haut du clocher s'est élancé jusque dans le bleu du ciel et on dirait que toutes les statues sont habillées en dimanche, comme moi ce matin.

Devant l'église, il y a un attroupement de gens tout en noir ou en gris. Des que je connais et des que je ne connais pas et qui, pourtant, me regardent.

Beaucoup portent des lunettes noires, sûrement à cause du soleil, ou alors ce sont des vedettes qui ne veulent pas qu'on les reconnaisse. En tout cas, ils n'ont pas l'air de s'amuser !

Ah, enfin, j'aperçois des visages que j'aime. Fafa, Ma-nièce, Boubou, Mon-neveu, Lolo, mon nouveau beau-frère, puis Ma-sœur et mon papa. Les gens tristes les embrassent un par un en les serrant très fort dans leurs bras. Du coup, Ma-sœur est triste aussi. Ça ne me plaît pas trop, tout ça !

Je cherche maman, mais je ne la vois pas. J'aime bien embrasser maman parce que je peux lui faire quatre bises alors que les gens n'ont droit qu'à deux.

C'est Ma-sœur qui m'aide à descendre du bus pour entrer dans l'église. Elle me fait même quatre bises, comme maman, en me serrant très fort. Elle est comme papa, Ma-sœur, elle ne dit pas facilement les mots d'amour, mais d'un seul coup elle vous fait plein de bisous.

J'aime quand il y a du soleil et que tout le monde s'embrasse.

Mais aujourd'hui, je sens que maman ne m'embrassera pas.

Des gens me parlent doucement avec un air trop triste. J'aimerais plutôt qu'ils me sourient.

Je n'arrive plus à trouver les mots pour leur parler.

Tu es où, maman ?

J'ai besoin de m'asseoir.

Ça tombe bien, Marie-Claude et Gérard ont apporté un fauteuil roulant pour moi, au cas où...

Je viens d'apprendre la leçon du chagrin.

Je pleure des vraies grosses larmes.

C'est la première fois.

Premières larmes

Cricri est entrée debout dans l'église avec un petit mot gentil et une distribution de bisous collants pour chacun. Avait-elle conscience de ce qu'il s'y passait ? Je l'ai regardée dodeliner de la tête près du cercueil quand la *Berceuse* de Schuman a résonné et soudain, un moment que je n'oublierai jamais, quelques larmes ont coulé sur ses joues, ses premières larmes !

Puis plus rien.

Elle a baissé la tête et s'est assise, le regard perdu dans les fleurs trop nombreuses qui jonchaient les marches, au pied de l'autel.

Puis la voix de Pavarotti s'est élevée, avec le magnifique hommage à Caruso que maman adorait, annonçant la fin des obsèques et la sortie de l'église.

Constatant que Cricri ne se levait pas malgré mes signes désespérés, mes yeux se sont tournés naturellement vers Marie-Claude pour demander son aide.

C'est en poussant ma sœur dans le fauteuil roulant, avec l'aide de mon fils et de ma fille, que nous avons accompagné maman à ce qu'on appelle « sa dernière demeure ».

J'ai parlé, parlé à Cricri durant cet interminable trajet, tenté en vain d'obtenir ne serait-ce qu'un mot d'elle, mais rien n'y a fait.

Marie-Claude et Gérard tentent de me rassurer lorsque je raccompagne ma sœur au car qui va la ramener au foyer avec ses camarades. Je les entends invoquer la « prise de conscience soudaine », le « choc émotionnel » tandis que par-dessus leurs épaules, je vois Eric aider son éducatrice Annick à porter Cricri vers l'intérieur du minibus sans que j'aie pu lui faire mes quatre bises.

Comme l'impression d'avoir perdu mes deux amours le même jour.

En rentrant à la maison, j'ai le réflexe idiot de faire un détour par le centre palliatif où maman a vécu ses derniers instants. Je pénètre bêtement dans le parc et m'approche des deux cygnes, toujours posés sur leur lac. Et si maman apparaissait à la fenêtre ? Je lève à tout hasard la tête. Et si tout cela n'était qu'un mauvais rêve ? Et si maman n'était toujours « que » très malade ? Mais surtout la voir, la sentir, la toucher, lui parler.

Impossible d'imaginer que tout ça est réel.

Je rentre chez moi avec la ferme intention de dormir. Dormir le plus longtemps possible et qu'au réveil l'homme de ma vie m'embrasse tendrement en me disant : « C'est l'heure, ma Lily! Dis donc, tu as dû faire des cauchemars cette nuit! Tu parlais... Tu appelais " Maman, maman "... »

C'est ce qui ne manqua pas d'arriver, malgré les somnifères. Plusieurs nuits de suite. Et chaque réveil prolongeait le cauchemar.

Un jour, un coup de fil de Marie-Claude m'informe que Cricri est dans l'incapacité de continuer de travailler au CAT.

Suivi de peu par un autre pour me dire qu'elle ne mange plus et ne prononce toujours aucune parole.

Le suivant, c'est mon père, affolé, qui me demande de venir à l'hôpital où Cricri est emmenée d'urgence pour des examens.

Ainsi, chaque jour devient une lutte pour le maintien en vie des uns et des autres.

Au milieu de tout cela, heureusement il y a l'école, mon école, et la musique. Ecouter des chansons toutes plus tristes les unes que les autres qui ne vous rappellent que de beaux et douloureux souvenirs. Je les ai tous haïs pendant ce mois de juin 97, ces jeunes chanteurs, mais ils m'ont aussi aidée à supporter ma douleur avec dignité.

Mes problèmes n'étant pas les leurs, j'ai compensé mes larmes naissantes par des commentaires teintés d'un humour qu'il me fallait puiser très loin, au plus profond de moi, au-delà de l'endroit où l'on a très mal.

Merci à vous tous. Je crois que vous et la musique m'avez sauvée encore une fois.

J'ai rigolé, c'est tout

Je suis très fatiguée. J'ai la tête qui tourne un peu de temps en temps, même que, de plus en plus souvent, je m'évanouis.

J'aime bien les réveils de ces moments-là parce qu'il y a toujours quelqu'un qui me parle doucement, avec des mots gentils. Rien à voir avec les réveils du matin pour aller travailler.

D'ailleurs, je ne vais plus au CAT que deux ou trois après-midi par semaine. Le reste du temps, Annick, mon éducatrice, m'accompagne à l'hôpital pour faire des examens qui me font un peu mal.

Le docteur a dit que je ne pouvais plus travailler. Ça, c'est une bonne nouvelle !

Hier, ou avant-hier, papa et Ma-sœur sont venus m'aider à déménager du foyer. Marie-Claude et Gérard avaient pourtant prévu une chambre pour moi mais il paraît que la loi interdit de loger au foyer des handicapés qui ne gagnent plus de sous au CAT ! J'ai dit « salut » à Eric et Sophie qui ont promis de venir voir ma nouvelle chambre à Saint-Leu.

C'est Ma-sœur qui a poussé mon fauteuil roulant. Des gens

que je ne connaissais pas m'ont accueillie dans une jolie maison où il y a une dizaine d'habitants. Certains sont en fauteuil, comme moi. D'autres parlent fort et se tortillent bizarrement, et trois ou quatre ont l'air comme tous les gens du monde normal. Ça s'appelle une MAS[1] *avec trois grandes lettres.*

Il y a la télé, mais je vois de plus en plus flou. Et puis, de toute façon, je n'ai pas envie de la regarder.

Ma-sœur a apporté mes CD de Jean-Jacques Goldman, mais je n'ai pas envie de les écouter maintenant. J'aime mieux qu'on m'installe tranquillement dans la chambre qu'on a aménagée pour moi.

Papa m'a bricolé une nouvelle armoire et sur le mur il y a déjà toutes les photos des gens que j'aime. Il en a même ajouté une de maman qui ne m'a pas fait de nouveaux rideaux. Je sais qu'elle ne peut pas venir parce qu'elle est morte. C'est Ma-sœur qui me l'a dit.

Elle m'énerve, Ma-sœur, des fois.

Pour la peine, je ne lui ai même pas répondu. J'ai rigolé, c'est tout.

La mort, d'abord, je ne sais pas ce que c'est. Je sais seulement que lorsqu'on dit que quelqu'un est mort, c'est qu'on ne le reverra pas. C'est Eric, mon copain, qui me l'a expliqué. Son papa est mort il y a six mois et il n'est plus jamais venu le chercher le vendredi au foyer.

Et puis tout ça je m'en fiche, je n'ai même plus envie de parler, ni de danser. Je veux voir maman. C'est tout.

---

1. Maison d'assistance spécialisée.

Tous à la MAS !

A cette époque, lorsque, au téléphone, je me trouve dans l'impossibilité de me rendre à tel ou tel rendez-vous, j'ai tendance à répondre tout naturellement : « Je suis à la MAS » (prononcer « à la masse »), à quoi mes fidèles amis ne manquent pas de me rétorquer : « Ça, on le savait ! » Ce qui, malgré le côté dramatique de la situation, me fait rire à tous les coups.

Cricri, en effet, vit maintenant au milieu d'autres fauteuils roulants, trisomiques, paraplégiques, handicapés tous azimuts qui cohabitent tant bien que mal. Leur « maison de Vie » est jolie, spacieuse et chacun y a sa chambre.

Au début, je m'y rends un jour sur deux, mon père prenant le relais quand je n'y suis pas, et tout mon emploi du temps est conditionné par ces visites dont j'ai sûrement plus besoin que ma sœur, inerte, indifférente, presque invisible dans le chahut ambiant.

Je leur ai apporté des films en vidéo, des CD en pagaille, des bonbons, des gâteaux, de la vaisselle dont je ne me sers plus. Tout ce qui me paraît manquer là-bas. Papa bricole des placards et a posé un joli papier peint dans la chambre de Cricri.

Les quatre éducateurs permanents semblent très cool. Je ne sais pas comment ils font pour vivre dans ce contexte toute la journée. Une heure et demie passée là-bas et je n'ai plus qu'une envie : partir, vite ! Voir le monde marcher normalement, courir, s'insulter s'il le faut, mais voir de la Vie !

Avec Cricri, ce n'est plus qu'un « dialogue » unilatéral. Je m'estime très gâtée quand soudain, elle éclate de rire. C'est peu, mais c'est déjà ça.

Maman, toi qui savais toujours quoi faire, je t'en prie, aide-moi !

Enfin grande

Lily, Ma-sœur, ne pleure pas.

Regarde papa, il ne connaît pas grand-chose aux trucs des filles, mais j'ai vu dans ses yeux qu'il a compris depuis longtemps qu'un morceau de moi est parti avec maman, et que l'autre morceau ne vaut plus grand-chose.

Toi, il faut que tu t'occupes un peu de Mon-neveu et de Manièce, même s'ils sont grands. Tu les as trop délaissés depuis que maman n'est plus là et tu prends beaucoup trop de temps avec le peu qu'il reste de moi dans la nouvelle maison de Saint-Leu.

La dernière fois que tu m'as emmenée dans les bois en poussant mon fauteuil, tu m'as assurée que maman est bien là où elle est.

Moi, je ne suis plus bien, là où je suis.

Alors je préfère rêver que je vais aller danser avec maman, pendant que toi tu vas continuer de chanter pour nous. Je voulais te le dire avant de m'en aller, mais je n'en ai plus la force, ni le temps.

Je sais que tu as tout lu dans mes yeux et tout entendu dans mes rires, même si je ris un peu trop fort ces jours-ci.

Je crois que je suis enfin grande...

La vie sans elles

Au début, la vie sans maman ne fut que douleur et sentiment d'abandon. C'est ma sœur, encore une fois, qui me permet à sa manière d'apprendre la mort en douceur.

Ainsi, me sentant désormais plus responsable que jamais de Cricri, je me rends le plus souvent possible à la MAS, parlant à ma sœur comme j'aurais parlé à ma mère, de mon quotidien, de mon travail, lui donnant des nouvelles de la famille. Comme une espèce de lien par Cricri interposée.

Même si mon interlocutrice demeure désespérément muette à mes confidences, le simple fait d'être face à ma sœur me rassure et me donne le sentiment d'être encore reliée à ma mère par un cordon virtuel.

Son terrible regard, au hasard de mes monologues, vient me cueillir au plus profond de moi, aussi doux que perçant, aussi tendre qu'agressif, aussi heureux que douloureux.

Et cette main qui presse parfois si fort la mienne lorsque je me tais, comme pour me dire : « Parle-moi encore », fragile signe d'un restant de vie, le plus souvent accompagné de gémissements plaintifs aussitôt ponctués d'éclats de rires nerveux, à défaut de paroles, dès que je prononce le mot terrible, le mot interdit, le mot qui fait du bien et du mal à la fois : « Maman. »

En revanche, dès qu'elle entend le mot « papa », Cricri se mure dans un silence obstiné. Comme un muet reproche qu'elle lui adresserait, à sa manière, d'être encore en vie sans maman.

Papa perdu, papa ne dormant plus. Les visites au centre de soins palliatifs nous manquent presque, à lui comme à moi.

Curieux, ce phénomène de ne pas se sentir seul même si l'on sait que l'être aimé va nous abandonner bientôt, même si l'on sait que l'ultime visite ne se fera qu'à l'hôpital. Tant que maman a respiré, jusqu'à son dernier souffle, nous avons eu le sentiment d'être quatre inséparables, comme indestructibles.

Après, nous n'étions plus que trois.

Aujourd'hui, il va bien falloir que la vie continue sans Cricri.

C'est bizarre, cette vie sans elles.

Je n'arrive même plus à pleurer.

Plus que deux.

Papa et moi.

Comme un atterrissage forcé sur la Terre après avoir vécu sur une planète magique. Et Dieu que cette Terre est grise et ses Terriens tristes !

Le quotidien me paraît banal, insipide. Je suis comme un arbre trop grand planté là, sans racines, si fragile que la prochaine tempête pourrait l'arracher dès le premier souffle. J'ai vécu trop longtemps dans un monde à part, mais un monde grand ouvert. Et voilà qu'il me faut me regarder dans la glace et me faire enfin face.

Je suis handicapée !

Plus le goût de sortir, de me faire belle, plus envie de recevoir les amis à la maison.

Les seuls moments où, étrangement, je ne ressens ni douleur ni manque, c'est quand je rejoins papa à Taverny, dans l'appartement qu'il occupe toujours au-dessus du garage. Le musée aux souvenirs. La maison de l'autre monde. Là où le temps est suspendu et où il n'y a que de belles images resurgies du passé.

Je suis allée trois fois sur la tombe de maman après l'enterrement. Je ne l'y ai pas retrouvée. Je ne retournerai pas sur celle de Cricri. Une fois m'a suffi. Toutes deux sont dans l'air que je respire, dans les endroits où nous avons ri et chanté, près de moi quand je voyage, dans ma tête, dans mon corps et dans mon cœur.

Mon père a refusé de venir habiter avec moi. Il a préféré apprendre à faire la cuisine lui-même avec le livre de Ginette Mathiot, aux pages jaunies par les années et écornées par les doigts de maman, et s'occuper seul de la maison. Maman n'en reviendrait pas ! Cricri dirait : « C'est la famille des Moi-tout-seul ! »

Papa m'appelle souvent pour avoir des précisions sur mes recettes culinaires classiques. Le plus souvent, il s'agit de savoir comment réussir la sauce qui va accompagner son plat de pâtes. De délicieux moments téléphoniques qui nous font rire à nouveau, lui et moi.

Ce père que je croyais solide, je le découvre fragile. Je lui propose de venir m'aider à aménager notre nouvelle maison. Et le voilà, avec beau-papa, chacun armé de sa caisse à outils personnelle, en train de cogiter sur la manière d'accrocher une suspension au-dessus du comptoir de la cuisine. Ils forment un duo magique vite surnommé « Pipo et Mario, les rois des bricolos » ! De nouveaux bons moments, même sans maman, même sans Cricri.

Et nous réapprenons doucement la vie des gens dits « normaux ». Mais Dieu, qu'il est difficile de les comprendre, tous les « j'ai-toujours-mal-quelque-part », les « fait-trop-froid, fait-trop-chaud », les jamais contents de rien ! Ne savent-ils pas que la vie peut être savoureuse chaque jour si l'on sait la croquer du bon côté ?

C'est cette belle leçon-là que tu nous a apprise à tous, Cricri. Grâce à toi, j'ai fini par trouver quelque chose de joli chaque matin en me réveillant. Même le grincement du vélo du facteur déposant le courrier, la pluie qui crépite trop fort sur le toit, le voisin qui sort bruyamment sa poubelle, le gamin qui teste sa Vespa, comme par hasard juste devant la maison ; notre chienne qui dévale l'escalier en aboyant, jalouse du gros chat rouquin installé insolemment sur *sa* pelouse, la tondeuse ou la perceuse du voisin le dimanche matin, beaucoup trop tôt... Autant de choses qui devraient m'agacer, mais que j'aime entendre me dire que je suis en vie !

Septembre 2003, croisière sur la mer Noire

Mes deux amours, vous me manquez.

Non pas que je raffole de ces voyages qui m'emmènent trop loin de mes racines, ni que je tienne à tester prématurément mon intégration future à la génération dite du « troisième âge », récemment rejointe par celle des octogénaires rugissants, ex-marmottes devenues somnambules, qui déambulent gaillardement sur ces grands paquebots blancs, vendeurs de rêve et de la culture « géographistorique » qu'on s'offre sur le tard, via les croisières.

Non, je suis là pour profiter parfois des grands privilèges que m'octroie mon métier de saltimbanque : chanter un soir et jouer à la touriste les onze autres. Mon tourisme favori étant d'abord de regarder, écouter et tenter encore de mieux comprendre l'être humain.

Les croisières représentent une occasion unique d'observer les comportements. En l'occurrence, je vais pouvoir observer huit cents spécimens en douze jours, soit 66,66 personnes par jour.

Parmi les spécimens, il y a notre papa à nous, ma Cricri, à qui j'ai offert, avec un peu d'avance, cette croisière pour ses quatre-vingt-six ans.

Maman, j'espère que là où tu es, tu ne lui en voudras pas de n'être pas venu seul. Au fait, maman, je t'ai écrit une chanson. J'espère que tu l'as entendue. Papa en est un peu jaloux, il n'a pas eu la sienne !

Si cela peut te rassurer, sache en tout cas que la bonne amie de papa est tout ton contraire. Cheveux blonds, yeux bleus, « rondouillette » (papa adore employer ce mot), parlant souvent, souvent trop fort, aussi extravertie que tu savais demeurer discrète.

Seul point commun qu'ils ont tous deux avec nos croisières d'avant : cette frénésie de danses de salon qui occupe leur temps de loisirs dès qu'on reprend la mer.

C'est en « pélerinant » en solitaire dans vos thés dansants, après que tu nous as quittés, qu'il l'a rencontrée, dans les environs de Taverny, après deux années d'errance dominicale. Veuve parmi les veuves à la recherche de l'homme esseulé, sympathique et bon vivant, vibrant espoir compensateur d'une même solitude.

Ma Cricri, je ne suis pas sûre que tu aimerais la bonne amie de notre papa. Elle fait des bisous qui collent et elle parle beaucoup trop fort. Je me souviens que tu détestais ça ! Mais depuis qu'elle est là, le temps semble avoir redonné des ailes à notre père.

Aujourd'hui, à quatre-vingt-sept ans, tout en lui s'est trouvé transformé. Quel choc ! Le voilà docile, soumis, laissant toutes les initiatives à sa fiancée bulldozer. Fascinants, ces brusques changements de comportement.

Comme si mon propre père, que je croyais connaître mieux que personne, s'était endormi avec vous, mes deux amours, laissant émerger au grand jour ce nouveau « gaillard d'après » qui sommeillait paisiblement dans l'attente de sa seconde vie.

C'est donc avec une immense tendresse et une certaine admiration que j'ai rangé mon nouveau papa parmi les spécimens à observer dans la catégorie « quatre-vingtième rugissant ex-marmotte » !

Maman, Cricri, vous me manquez trop.

C'est à toi, maman, que je pense quand je croise l'une de ces émouvantes mamies aux incontournables « indéfrisables » sur cheveux régulièrement recoupés à la même longueur. A croire qu'il n'existe depuis toujours qu'un modèle unique de coiffure « spécial troisième âge » !

Seules les couleurs, parfois, changent. Du brun trop brun au blond trop blond, en passant par les roux rouges et les blancs mauves.

Rares sont celles qui acceptent le cadeau que dame nature leur a fait en les dotant d'une respectueuse et grisonnante suprématie.

Et comme pour répondre à une question que tu ne manquerais pas de formuler, ma Cricri : « Dis donc, Ma-sœur, et moi alors ? », il y a Emmanuel, qui porte le même prénom que ton neveu.

On l'appelle aussi Manu, bien sûr. Il te ressemble tellement. Comme issu de la même vague de l'océan qui t'a fait échouer sur notre planète.

Lui aussi sourit, chante, danse et fait son élégant en passant sur le pont promenade, fièrement accroché au bras de sa maman, Danièle, à l'impeccable brushing d'un gris blanc naturel.

Qui sont les plus handicapés sur ce bateau ?

Madame Yvette, de la famille des « bruns trop bruns », qui fait tous les matins à 7 heures sa gymnastique sur le pont 6 avec ses copines de croisière, bousculant tout le monde, de peur de manquer, quand elle se rue ensuite sur le buffet du petit déjeuner ?

Madame Simone, de la famille des « roux rouges », qui hurle toute la journée telle une sirène contre son mari Robert, et qui est allée demander au directeur de croisière s'il était normal d'avoir accepté d'embarquer un trisomique sur le bateau ?

Madame Mauricette et Monsieur Serge, famille des « blonds plus blonds que blonds », stars, danseurs mondains des apéritifs dansants, pailletés de la tête aux pieds dès le petit matin, qui oublient forcément de dire bonjour et refusent de prendre l'ascenseur avec un handicapé ?

Ou cette pauvre madame Trucmuche, de la famille des « blanc mauve », manifestement atteinte, comme toi, maman, de la maladie d'Alzheimer, qui menace de sa canne ceux qui refuseraient de l'aider à retrouver sa cabine dont elle a encore oublié le numéro ?

Qui sont les plus atteints sur ce bateau ?

Certainement pas Emmanuel qui, dans la Bible, signifie « Dieu avec nous », que sa maman a mis au monde un 25 décembre, seul représentant sur ce bateau de la famille des Cricri.

Cadeau de Noël !

Emmanuel qui a gagné cette chance de n'éprouver jamais ni gêne, ni envie, ni haine, ni jalousie de bas étage. Pour qui tout est bonheur simple, qui n'a pour mémoire que celle spontanée des élans de son cœur, qui ne se contente que d'être, que rien ni personne n'obligera jamais à paraître, et qui ne pense qu'à danser sur *Alexandrie, Alexandra*, ta chorégraphie préférée, ma Cricri.

Emmanuel sur qui le temps qui passe ne semble avoir aucune prise, tout comme il n'en a pas eu sur toi, Cricri.

Non, ce n'est pas toi, Manu ! Ce n'était pas Cricri non plus ! Mais nous, les gens dits « normaux », qui devrions avoir honte !

Nous, les handicapés du cœur !

Chers dieux du monde,

Allah, Jéhovah, Rama, Krishna, Vishnou, Bouddha et les autres... Si vous existez vraiment, pourriez-vous trouver un moment dans votre « planning planétaire », déjà bien chargé, pour vous organiser une méga-conférence avec, à l'ordre du jour :

a) apporter la lumière à tous nos chercheurs afin qu'ils puissent nous livrer un jour le secret de ce maudit succédané de vingt et unième chromosome supplémentaire qui donne tant de belles qualités aux êtres qui en sont pourvus ;

b) jeter pas mal du reste qui gâche quand même un peu la vie de tout le monde ;

c) vous occuper, pendant que vous y êtes, de tous les autres handicapés, mentaux, cérébraux, physiques, mal voyants, mal entendants, mal de terre, mal de mer, mal de l'air, mal dedans, mal logés, mal nourris, mal aimés, au plus mal, embouchés, malmenés, mal traitants, malappris, mal au cœur, à la tête, mal partout, dans leur peau, dans leur siècle... mal à la Vie ;

d) accorder un peu de longévité aux humains que nous nous efforçons d'être afin qu'ils puissent profiter, avant de vous rejoindre, ne serait-ce que d'un soupçon du résultat de votre travail.

En échange, nous vous promettons de faire le nôtre !

Merci d'avance, c'est à vous de jouer... La balle est dans votre ciel !

CRICRI [1]

Les enfants ne se ressemblent pas
Quand l'amour vient leur donner la vie
Mais la vie ne ressemble qu'à toi
Cricri

Tes yeux à gober la lune
Ne sont pas étonnés d'être aussi
Différents et sans rancune
Cricri

Si les gens croient qu'il faut t'appeler
D'un nom venu d'un autre pays
C'est la peur de ne pas savoir t'aimer
Cricri

Ça ne t'a jamais fait pleurer
De n'avoir pas connu jusqu'ici
Un truc normal comme l'été
Cricri

1. Paroles de Christophe Marie et Jacques Roure. Musique d'Alice Dona.

T'as peut-être jamais rien pu apprendre
Mais t'as quand même toujours tout compris
S'ils savaient que ton cœur est à prendre
Cricri

Car dans la télévision
Tu as déjà choisi mille maris
Pour neuf cent quatre-vingt-dix-neuf « non »
Cricri

Si le temps ne t'a pas donné ta chance
Si les années sans toi ont grandi
Il nous reste ton éternelle enfance
Cricri

Chaque jour avec toi c'est Noël
Un cadeau, un soleil à minuit
Tu es là, alors la vie est belle
Cricri

LES MAMANS [1]

Quand on est p'tit
Nos mamans nous protègent
C'est comme un privilège
C'est bon pour les enfants

Quand on est p'tit
Nos mamans nous fredonnent
Des chansons où personne
Ne connaît les méchants

Quand on est p'tit
Maman fait la police
Quand les bonbons finissent
Par nous gâter les dents

Quand on est p'tit
Maman nous fait des pâtes
Ou alors des patates
Pour que l'on devienne grand

Quand on grandit
Nos mamans nous conseillent
Nous veillent et nous surveillent
Quand on est amoureux

Quand on grandit
Nos mamans sont si belles
Que l'on voudrait pour elles
Leur ressembler un peu

Quand on grandit
Maman vient à la gare
Et le moindre au revoir
Est pour elle un adieu

Quand on grandit
Maman nous téléphone
Et nos cœurs lui pardonnent
De vieillir comme elle peut

1. Paroles de Christophe Marie. Musique d'Alice Dona.

Quand on vieillit
Nos mamans moins solides
Trouvent qu'un panier vide
Est un panier trop lourd

Quand on vieillit
Nos mamans nous invitent
A partager plus vite
Le soleil tout autour

Au fil des nuits
Maman dans la lumière
Nous reparle d'hier
Pour arrêter les jours

Puis on vieillit
Et l'on garde les gestes
De cette maman qui reste
Notre plus grand amour

Remerciements

Merci à tous ceux, présents ou absents, qui ont aidé, sans le savoir, à faire que ce livre existe :

A Daniel, Pierre, Didier, Roger, Nicole, Annie, Maryvonne, Dominique et tous ceux du CEG de Taverny.

A Danièle et Franck Foucrier, Mme Lehé, Mme Becker, Mlle Riveron, Mme Pessin, Michèle Lechef.

A Georges Sourp, Maurice Villermet.

A Marie-Claude et Gérard Baldo, Gérard Pavard, Annick et toute l'équipe du CAT de Taverny.

A Bernard et Christine Quendez, Peggy, Jeannine, Vanessa et Gérald Wurstein, aux « Marins du Golfe », à Christian et Fanfan des Issambres.

A Marraine Marcelle, Dédé et Michka, Michou, Emma, Stéphane et Sophie Douville, Eric et Sophie.

A Marie-Thérèse et Marie-Martine Bisson, Yvette, Roger, Willy Grenier, Paulette et Henri Jubert.

A Michel Creton, Serge Lama, Patrick Sébastien, Claude François, Gilbert Bécaud, Charles Aznavour, Jean-Jacques Goldman, Jean-Luc Delarue.

A José et Arlette, Pégounette, Pépé, Christiane et Alexandre Marcellin, aux familles Cabasse et Mattéï.

A tous ceux de la MAS de Saint-Leu-la-Forêt.

Au père Roland Letteron.

A Christophe Marie et Jacques Roure, à tous les anciens des AAD.

A Philippe Blanchard et toute l'équipe Costa, à Gaëlle, Denis, Antoine, Yahceb, Danièle et Emmanuel Baizeau.

A Bernard, à « Fafa Ma-nièce » et « Boubou Monneveu », à Titi, Alexane, Lolo, Gigi et Coq.

A Pépère Jules, Mémère Lucie, tante Alba.

A papa et maman.

A Anne Carrière, à Véronique.

A tous ceux que j'ai dû oublier...

Et à toi, CRICRI.

Extraits de *Geist Soleil*, le magazine de la trisomie 21

par le Dr Renaud Touraine,
responsable du service génétique
au CHU de Saint-Etienne

Que font les gènes du chromosome 21 ? Etat de la recherche.

Le séquençage du chromosome 21, c'est comme découvrir un nouveau continent. Il faut maintenant tout cartographier : les routes, les villes, les rivières... et surtout recenser les habitants et savoir qui fait quoi. Les études actuelles sont de ce type : recenser les gènes présents sur le chromosome 21 et leur fonction.

En mai 2000, le recensement était de 225 gènes dont 98 nouveaux et 59 pseudo-gènes (ressemblant à des gènes mais ne fonctionnant pas). La fonction de 40 % des 225 gènes était totalement inconnue. Il faut toutefois savoir que pour beaucoup de gènes, même si on connaît un peu de leur fonction, on n'en sait guère plus, c'est-à-dire que l'on ignore souvent comment elle s'exerce : avec quels partenaires ? à quel moment ? comment est-elle régulée ? et par quel biais le dysfonctionnement du gène aboutit-il au problème présent chez la personne ?

En décembre 2002, on ne retient plus que 178 gènes certains et 36 gènes prédits (soit au maximum 214 gènes). En effet, l'existence de certains gènes est seulement prédite par des outils informatiques qui analysent une séquence d'ADN et déterminent qu'une région « ressemble » à un gène. Il faut après prouver qu'il y a bien un gène dans cette région. Ceci est fait essentiellement en démontrant que le gène fonctionne, c'est-à-dire qu'il est exprimé dans au moins un organe (on trouve de l'ARNm correspondant à ce gène).

D'où cette variation du nombre de gènes annoncés sur le chromosome 21.

Il est possible aussi que certains gènes n'aient pas été prédits. Il faudra donc encore quelques années de travail pour savoir précisément combien il y a de gènes sur le chromosome 21 (comme sur les autres chromosomes d'ailleurs). Disons environ 200 gènes.

Comprendre la fonction des gènes.

Il faut comprendre qu'un gène peut ne fonctionner que dans certains organes, pas forcément tous, et éventuellement qu'à certains moments du développement humain. Cela donne déjà de précieuses informations sur les gènes : un gène exprimé dans le cœur peut avoir un rôle dans le développement des malformations cardiaques ; un gène exprimé dans le cerveau peut être impliqué dans la déficience intellectuelle. A l'inverse, si un gène n'est pas exprimé dans le cerveau, il n'a, a priori, pas de rôle dans la déficience intellectuelle.

Certains gènes ont une expression faible et assez ubiquitaire (c'est-à-dire dans la plupart des organes) alors que d'autres ont une expression très spécifique à un organe, voire à une petite région d'un organe. Ainsi, du fait de leur expression spécifique, certains gènes semblent tout particulièrement intéressants à étudier soit pour la déficience intellectuelle, soit pour les malformations cardiaques, soit pour les malformations digestives.

Les prochaines étapes vont consister à étudier de la même façon les autres gènes du chromosome 21, et à mieux comprendre les fonctions des gènes candidats identifiés pour le cerveau, le cœur et les intestins.

Il reste à déterminer s'ils ont un rôle important et comment leur présence en trois copies au lieu de deux est perturbante.

Une autre grande approche est de comparer, dans un organe donné, l'expression des gènes entre un sujet trisomique et un sujet qui ne l'est pas : on peut ainsi détecter les gènes dont l'expression est augmentée et ceux dont l'expression est diminuée. Ici, « tous » les gènes sont étudiés, pas seulement ceux du chromosome 21.

Des pistes thérapeutiques ?

On peut espérer dans les suites de ces travaux des pistes thérapeutiques pour les problèmes cognitifs. En effet, il n'existe pas de malformation ou d'anomalie nette du développement fœtal du cerveau en cas de trisomie 21. Il semble donc que la déficience intellectuelle soit principalement en rapport avec un défaut de fonctionnement et de développement intrinsèque de cellules cérébrales : seules des anomalies très fines sont détectées par des analyses microscopiques ou électro-physiologiques.

Les anomalies cérébrales microscopiques consistent en une réduction des neurones et en une diminution des prolongements des cellules nerveuses (diminution des connexions pour simplifier). La connaissance des voies métaboliques responsables de ces modifications pourrait permettre d'envisager de contrer l'effet néfaste par une action pharmacologique.

Une fois encore, tout n'est pas joué dès la naissance.

Petit lexique

A.D.N. : acide désoxyribonucléique. Support des gènes et de l'hérédité. Le filament d'ADN est formé d'une succession de molécules qui sont de quatre sortes différentes, A, G, T et C.

Gène : fragment d'ADN qui est transcrit (recopié) en ARNm (acide ribonucléique) puis, le plus souvent, traduit en protéine. Un gène est en fait le plus souvent en plusieurs morceaux séparés sur l'ADN. Les gènes n'occupent qu'environ 10 % de l'ADN, il n'est donc pas forcément évident de repérer sur une séquence d'ADN ce qui est gène et qui ne l'est pas.

Chromosome : filament microscopique formé d'ADN et de diverses protéines. Chaque chromosome est un filament plus ou moins long. Le chromosome 1 est le plus grand et le chromosome 21 le plus petit.
On a 46 chromosomes en général. Ils vont par paires (deux chromosomes 1, deux chromosomes 2...). Plus les 2 chromosomes sexuels X et Y : une fille est XX et un garçon XY. Nous avons reçu un chromosome de chaque paire de notre père, l'autre chromosome de

chaque paire venant de notre mère. Chez les garçons, le chromosome Y vient forcément du père.

Trisomie 21 : c'est le fait d'avoir 3 chromosomes 21 au lieu de 2. Le plus souvent cette personne a reçu 2 chromosomes 21 au lieu d'un seul de l'un de ses parents.

Quelques adresses utiles

FRANCE (valable pour la **BELGIQUE**)

Dons, contribution, renseignements, aide au développement de la recherche :

F.A.I.T. 21 (Fédération des associations pour l'insertion sociale des personnes porteuses de la trisomie 21)

G.E.I.S.T. 21 (Groupe d'étude pour l'insertion sociale des personnes porteuses de la trisomie 21)

Site Internet : fait21@org

Direction :
10, rue du Monteil
42000 Saint-Etienne
Tél : 04 77 37 87 29
Fax : 04 77 33 99 02
E-mail : fait21@wanadoo.fr

Antenne Paris :
102, rue Didot
75014 PARIS

Tél : 01 45 41 22 21
Fax : 01 45 41 22 47
E-mail : fait21-paris@wanadoo.fr

Et aussi :
Association PERCE-NEIGE
102 bis, boulevard Saint-Denis
92415 Courbevoie
Tél : 01 47 17 19 30

SUISSE

E.D.S.A. Suisse (Antenne suisse de l'European Down's Syndrome Association)

EDSA Schweiz
3000 Bern
Tél/Fax : 031/972 58 70
Permanence le lundi de 9 h à 11 h
E-mail : info@edsa.ch

CANADA

R.T. 21 (Regroupement pour la trisomie 21)
633 boulevard Crémazie Est
MONTREAL/Québec
Canada H2M L19
Tél : (514) 850 06 66
Fax : (514) 850 06 60

Table

Cet ouvrage a été composé et imprimé par

FIRMIN DIDOT

GROUPE CPI

Mesnil-sur-l'Estrée

pour le compte des Editions Anne Carrière
104, bd Saint-Germain 75006 Paris
en septembre 2004

Imprimé en France
Dépôt légal : octobre 2004
N° d'édition : 323 – N° d'impression : 69165